巴黎丛书

COLLECTION DE PARIS

白色的幽灵，

从你们燃烧的天上落下来！

Tombez,

fantômes blancs,

de votre ciel qui brûle.

-Gérard de NERVAL (1808-1855),

Artémis (Les chimères)

blanc

白 色 系 列

蓝色思想

PENSER bleu

白色生活 ●

VIVRE blanc

红色创造

CRÉER rouge

法国作家怎么了？

Qu'est-il arrivé aux écrivains français?

[法] 让·柏西耶 Jean Bessière 著

金桔芳 译

华东师范大学出版社

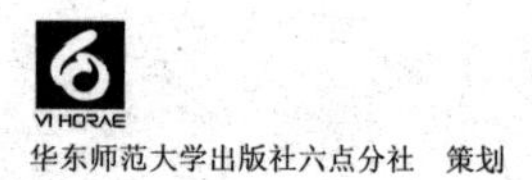

华东师范大学出版社六点分社　策划

目 录

致中国读者

本书是于 2006 年出版的专述法国当代文学的 *Qu'est-il arrivé aux écrivains français? D'Alain Robbe-Grillet à Jonathan Littell* 一书的中译版。译本在完全遵照法文原版的基础上增加了〈导论〉和〈再谈法国当代文学〉。这两处新添的内容为中文版独有，旨在促进中国读者的理解，并更准确地定位本书的论点，以便发现法国当代文学的位置。实际上，法国当代文学有许多值得谈论的议题。众多的作品问世，让它形成了传统也产生了众多新近流派，同时也让它成为了议论的话题。即便对当代文学和评论——无论是作家做出的评论还是评论家的评论——再充耳不闻的读者也无法忽视它惊人的产量和评论反馈；另一方面，他们一定也会注意到当代法国文学对文学近乎强迫症般的肯定。这一情愫与以下三点分不开：当代法国文学所处的心理和社会背景，文学的建构与解构，以及一再被强调的“文学等同于写作”这样一种观点。而何谓“写作”？这个来自罗兰·巴特《零度写作》[1] 的名词从未得到确切的定义。这一切使得在当代法国文学里产生了一种说不清道不明的圣物崇拜，它在文学创作和文学评论里都得到了充分的体现。

本书希望尽可能地为法国和法语读者，也为中国读者解释这一崇拜的缘由，并指出法国当代文学中摆脱了这一崇拜的几个分支。在法国读者看来，这样的尝试和言辞有时不乏争议。作者想要在此说明，自己的目的并不在于引起争议，而只想对法国当代文学的状况提供一些清晰的阐释。另外，他也设想，这种状况对于分析其他欧洲文学，或更广阔地说，对于分析西方文学的现状也将有所建设意义。

作者谨在此感谢促成本书中文版的编者吴雅凌博士和译者金桔芳博士。

让·柏西耶

---

① 罗兰·巴特，《零度写作》，巴黎：Seuil 出版社 1953 年初版，多次重版。

导　论

法国当代文学现状及其引发的问题

本书谈论的是法国当代文学的现状，它所采用的方式有时被认为是富有争议的。而事实上，在这本书里争议并不重要。需要再次强调的是，这本书是对法国当代文学的一次解读尝试。20世纪尤其当代法国文学被笼统地归纳在一些文学史著里[①]。这些文学史实际上表达了同一种观点：

① 其中包括：多米尼克·维亚、布鲁诺·维尔西著《当下的法国文学——遗产、现代和演变》，巴黎：Bordas出版社2005年出版；米歇尔·杜莱、弗朗西妮·杜加-珀特兹、布鲁诺·布朗格勒曼、让-伊夫·德伯叶、克里斯汀·阿蒙-斯若日著《20世纪法国文学第二卷——1940年后》，雷恩：雷恩大学出版社2008年出版；艾莲·多奈-拉克洛瓦著《1945－2000年间的法国和法语文学》，巴黎：Harmattan出版社2003年出版。

法国当代文学，通过不休的争论和不确定性，表现出对先锋文学的极大兴趣，它是对 20 世纪 20 年代发生的先锋文学传统忠诚的延续——这一时期被法国评论界称作先锋派的黄金时期，而在英语评论界则被称为现代派的鼎盛年代。对法国 20 世纪文学特别是当代文学的这样一种解读完全可以接受，我们因此得以鉴别它的恒常不变之处，同时接纳这样一段文学史所见证的各种创新和衍变。然而，对于读者将要读到的《法国作家怎么了?》一书的作者来说，这些现有的文学史著所描绘的 20 世纪法国文学史，尤其是当代文学史，并没能让我们真正认识到这段文学史本身，也没能让我们真正认识当代文学。

这些 20 世纪和当代的文学史并没有无视文学所处的背景，也就是说史学家和史官眼中的历史；它们也没有无视文学的进化，也就是说在艺术史意义上的文学史。从这两点考察，这些史著并无可挑剔之处。然而，它们却忽视了以下三点。一、它们没有将当代性特别看待，即它们并未努力回答当代文学提出的“何谓当代性”的问题。二、它们没有对文学本身如何考虑它在 20 世纪的延续的问题作出思考，而这样的思考很重要，因为它牵涉到文学如何对自己进行定义以及如何看待自身的能动性的问题。三、它们没有足够重视 20 世纪历史上的国际化现象，即法国作为欧洲主要参与国之一的两次世界大战、直接关涉法国和法语国家文学的非殖民化运动，以及现在我们所说的全球化浪潮。这样说并不是要否定或者削弱民族文学特别是法国文学的重要性，而是想要强调这样背景下的法国文学折射了一种世界范围的文学状况；并且，对它自身状况的理解也会因为是否考虑到这一折射功能而有所不同。同时，这样说并不意味着法国文学自视为一种孤立的文学——这样的观点实属大谬——而是想要说明在当代的国际背景下，无论从文化上的还是单纯文学上的背景来看，法国文学都处在一种特殊状态之下。

在对法国文学的特殊状态作出定义之前，我们先来就以下几点展开讨论，这将有助于明确与法国当代文学的概览性阐释相关的当代这一概念的要旨所在。《法国作家怎么了?》所关注的是法国当代文学，也就是近三十年以来的法国文学。这一时间上的界定与当代法国历史上的一个重要分隔点相符：六八年的五月风暴、戴高乐将军下台，还有被称作“光荣三十年”的二战后经济大发展时期的完结。这一时间上的界定也是由世界范围内的艺术和文学史的两大变动决定的：20 世纪 70 年代中期，在法国之外特别在英语国家兴起了所谓的后现代艺术和文学；同一时期，第三世界国家、原殖民地国家和崭获独立的国家的文学得到了发展——这就使在法国之外出现了英美评论界所谓的后殖民文学。对法国和世界历史（包括政治史、艺术史和文学史）的简短回顾，还有 20 世纪 70 年代中期以来主流评论话语与法国的文学与评论之间的显见差异，这些都很能说明问题。法国当代文学是一种切入当下的文学，它知道自己的当前所在。然而，它对自身当前性的认识与其他文学相比，特别是与非欧洲文学对自身当前性的认识相比，是不一样的。法国当代文学通过评论、文化和政治上的已有范式来认识自己的当前性，而这些范式自20世纪20年代就开始左右法国文学。这使我们可以从中看到某种延续性，也可以看到其更新。但同时，这也造成了它尽管切入当下却与它的时代和它自己的当下脱节的问题。本书作者将书名定为《法国作家怎么了?》，旨在强调，这样一种脱节正是我们讨论的课题。

要认识到这一点首先必须对法国的作家和评论有一个公正的了解。他们确实感觉到了这样一种脱节。“法国的文学和文化可能会与现代性产生矛盾”这是一个不变的话题。而“与现代性产生矛盾”这一措辞本身也很值得玩味的。一方面，它说明，当代之所以会引发问题是因为它是一个变化的时代。另一方面，它明确指出当代文学的当下性是以现代性这个19世纪产生的、与波德莱尔对“现代”的认识密不可分的术语为对照的[①]。这种大部分法国当代文学所带有的对当下的认识因而是双重的：法国当代文学确实认识到当下，然而这种认识所依据的却是继承自过去的条条框框。通过《法国作家怎么了?》这一书名，我们想要指明法国当代文学的双重性，并表达这样一种观点：法国作家尽管想要切入当下，实际上他们在某一程度上却是属于过去的作家。法国当代文学在写作、阅读和理解上都遵循一种自相矛盾的与当下之间的关系，它一面承认当下，另一面又表现出某种否定。

① 我们同样注意到，现代性这一术语在欧洲哲学思辨中同样无处不在，德国哲学家尤尔根·哈贝马斯就是个例证。

我们刚说到，法国当代作家的这种态度与法国文学没有从后现代与后殖民主义所开辟的视角来审视自己不无关系。这并不是要说必须完全遵照这些参照及其所对应的文学概念和内涵。而且我们所注意到的这一点恰恰指出了后现代和后殖民主义所定义的文学现实在历史、文学、文化和美学上有其局限。应该说，法国当代文学没有以后现代与后殖民主义作为参照在一定程度上是明智的。如果我们不将此视为一种明智之举，那就相当于，起码在一定程度上，将后现代和后殖民看作欧洲现代主义和现代性的单纯倒置。这样一种解读势必将法国当代文学看作当今或三十年来欧洲之外文学创作的条件和环境的分析师。以上这几点可以让我们明确当代法国文学境况的第二个方面。它有着自己的当下性：它从后现代和后殖民作出的说明和定义之外对当代作出了解读——当然这些说明和定义需要提前得到归纳。

这就出现了对法国当代文学境况的双重定义。我们来重复一下刚刚说过的话：一方面，法国当代文学在写作、阅读和理解上都遵循一种自相矛盾的与当下之间的关系；另一方面，它从后现代和后殖民的说明和定义之外对当代作出了解读。这一双重性决定了我们不应该以单一的方式来理解它。需要对法国当代文学作非单一的理解是因为它包括两方面内容：第一个方面包括大部分作家和作品，也许人们会认为这些作家和作品是优秀的，但实际上它们完全依附于我们方才所谓的当前的双重性；第二方面是另一类同样优秀的作家和作品，但这些作家和作品在当今却数量甚微。第二类作家和作品展示了另一种对历史和当下的再现和另一种对社会的描绘，而且它们并没有落入现代性概念或先锋派概念的罗网。它们可以让我们对后现代和后殖民术语所覆盖之下的文学的内涵及概念作出重新解读。我们稍后将对这些再现、描绘和再解读作出明确的定义。

因而，就其想要表达的涵义而言，本书书名具有双重意义。一方面，它表示，我们需要对当代法国作家的矛盾处境进行拷问：他们的当下性是非当下的，因为他们滞留在一种陈旧的先锋观念之中。另一方面，它指出，我们对于这些作家的讨论不应当完全被束缚在这一点上，在当代作家和他们的作品当中，体现出一种对于历史、时代、社会和群落的超越。这一超越使我们得以摆脱对先锋的膜拜，对文学创造作出另一种定义。需要强调的是，这一重新定义能让我们在国际文学和欧洲之外的文学演变的参照之下来看待当代文学创作。

为了补充我们可以用来对法国当代文学进行拷问的方式，最后还有一点需要强调。遵循一种 19 世纪以来不变的法国文学和评论的传统，文学仍有其“高雅趣味”（high-brow）和“低级趣味”（low-brow）之分。除了引用这一对很形象的美国术语之外，如果用更法式的术语来说，这实际上是精英文学和大众文学的区别。精英文学有它的出版商，比如 Gallimard，POL；大众文学有其畅销作者，马克·勒维、克里斯蒂娜·安戈都是公众耳熟能详的作家。精英文学完全符合我们适才的描述：它滞留在一种陈旧的先锋概念之中，同时又实践着一种脱离了先锋桎梏的创新。

大众文学，其中大部分又以小说为代表，也并不对精英文学所具有的双重性感到陌生。换言之，从主旨上来说，大众文学并没有脱离与精英文学同样的处境。因此，在今天我们应当丢弃用对照法去看待一种“崇高”的文学和大众的文学。这两种文学实际上体现了一种相同的处境，这很值得注意。它敦促我们改变惯有的比如说在法国评论界所盛行的文学研究途径。所谓的“崇高”文学通常被认为是一种带着批判眼光的文学。而大众文学则被视作一种守旧的文学，与所有批判皆毫无瓜葛。而认为这两种文学体现同一处境的观点将促使我们需要重新估量文学的批评作用，通常我们认为只有先锋作品才具有批评作用，而现在需要对这样一种观点进行重新考虑了。

简谈若干新疑问

对法国当代文学现状进行这样的全面考察有助于我们明确被现有的文学史著所忽略的内容，我们将这些内容归纳为以下三点拷问：当代是什么？文学本身如何思考它在20世纪的延续性？法国当代文学与20世纪的全球化现象又有何关联？这三个问题之间存在某种等级关系。只有通过它看待当代性的方式，今天的法国文学才能考虑其自身的延续性或者特殊性。正是它的特殊性才能使我们明确在国际背景之下法国文学的处境，而这又能让我们，正如前文所提到的，更准确地把握当代法国文学的状态。

正如人类学家马克·欧杰所说的，言说当代性就是言说一个悖论。当他将最近的一本著作命名为《未来哪里去了？》[①]的同时，马克·欧杰指出：未来这一概念所包含的意义遭到了削弱。然而，他却认为这并不是一种对过去的依恋，而体现了一种对当代的特殊定义：当代即当下和目前，它需要相对其他时间概念才能得到定位。当代是某种当下时间的总和。因此，如果我们将当代与先锋派、现代主义和后现代主义的经历和时间模式作对比的话，在当代一词当中我们可以读出不少内容。在先锋和现代主义的命

---

① 马克·欧杰，《未来哪里去了？》，巴黎：Panama出版社2008年出版。

名中带有明显的未来的意味。这就解释了它们对于艺术和文学更新的迷恋，而艺术和文学的更新又与政治更新和革命这一作为对未来意义的政治表达的东西分不开。因此，这未来的意味里其实包含了一种过去的意味。现代主义根据过去和未来来看待现在。后现代主义专注于这样一种对待现在的方式，以至现在变成了一种过去和未来的总和，或者干脆说成为了一种可能性的总和。从当今的法国文学来看，当代变成了对这两种时间模式（现代主义的和后现代主义的）的拒绝。当代成为了多种时间的再现，它没有给予未来足够的重视，没有将未来当作现在的产物，也没有将现在看作某种过去的回归。当代性所持的这样一种看待时间的眼光在当代法国哲学传统里得到了尤其明确的印证。我们只需列举一下雅克·德里达[1]，他对所有未来设想的回避和对事件这一概念的坚守；还有让-弗朗索瓦·利奥塔对后现代的定义[2]。在利奥塔看来，后现代是一场当前的独角戏。值得注意的是，当代所作出的时间的再现可能包含着会让人想到现代主义和后现代主义模式的再现痕迹。于是，我们就陷入了当代的悖论：它是当下同时又是时间的并置，因而是它与过去和与未来关系的特殊勾画。有一些法国文学作品，尤其是小说，体现了当代的悖论。这些小说在描画不同时间之间的并置时强调了对未来的呈

---

① 雅克·德里达，《心灵——他者的发现》，巴黎：Galilée 出版社 1998 年出版。

② 让-弗朗索瓦·利奥塔，《后现代状况：关于知识的报告》，巴黎：午夜出版社 1979 年出版。

现，描绘出清晰完满的关于现在的图像，将过去当成了极少数人的见证——米歇尔·维勒贝克的《一个岛的可能性》[1] 便是如此。这些小说对现在进行了独特的考古学上的考查：它们也说到了过去，然而它们并不把关于过去的话语与和现在的特殊关系分开来说——现在是一种唯有根据它的源头才能得到定义的时态。在乔纳森·利特尔的《复仇女神》[2] 里，现在的源头确定可循：二次世界大战，纳粹主义和屠杀犹太人。当然，现在的源头在不同的作品中有不同的勾画。海外法语国家的小说通常钟情于非殖民化时期，但我们可以认为它们所勾画的这个源头远远超越了自己所代表的单纯的前法国殖民地国家，而代表了一个更大的背景。假使我们回过头来看马克·欧杰提出的问题："未来哪里去了？"，这个问题只有根据现代性的定义及其来源的不同勾画才能得到回答。

考察一下我们如何在今天的法国看待文学的延续性，这个问题与刚刚提到的对当代性的看法以及这些看法如何被接受和认可直接相关。对法国文学的阅读及当代文学如何自我定位的方式在今天的法国完全以现代主义及其对历史、艺术和文学发展的看法为标准。本书提出了一个中心论点，论述如下：从大部分作家及其作品来看，法国文学在今天是一种对先锋模式的反复和重复，这种先锋模式在20世纪20年代就得到了定义，在整个60—70年代又得

① 米歇尔·维勒贝克，《一个岛的可能性》，巴黎：Flammarion 出版社 2005 年出版。

② 乔纳森·利特尔，《复仇女神》，巴黎：Gallimard 出版社 2006 年出版。

到了浓墨重彩的描画，并得到了新评论和罗兰·巴特的出色阐释。换句话说：一方面，法国文学在总体上对自己保持一种进步性的定义；另一方面，它又根据这些先锋派来定义自己，尽管能够识别和实践这种先锋文学的历史条件已经面目全非，尽管当代性并不允许它推崇这样一种先锋派的视角。秉持这种先锋模式的作品，或者更广泛地说，秉持这种先锋模式的文学，展示了一种连续性的文学形象，同时又谨记着创新的教条。因此创新恰恰造成了文学的连续性。通过这样一种连续性，文学自视为一个与许多事物相异的巨大整体。从罗兰·巴特那里继承而来的写作定义的价值可以在这样一种整体的、连续的但同时又是更新了的文学观里得到解释。我们可以想见，这样一种文学观是与当代相悖的。它迫使我们思考是否存在脱离了这种文学观的别样的文学。这种别样的文学的确存在：它很清楚地知道，根据文学的连续性来思考文学，这是一种理想主义的文学理念；另外，它也懂得当代性在时间上的多样性对文学所造成的影响。本书，尤其通过以下一些特殊的文学样式和类别，试图鉴别出这种别样的文学：侦探小说、科幻小说，还有某些小说、诗歌和戏剧。当代因此表现为以两种方式进行文学实践的时代。这个双重性解释了法国文学在现代主义和后现代主义眼光之下的特殊状态：它既是又不是一种现代主义的反复；在两种情况下，它都可以忽视后现代主义，然而却不能消灭自己的双重性。

法国当代文学的这种双重性与作家和作品在今天如何看待历史和全球化的方式分不开。这一点已经提到过：20

世纪的法国文学和当代文学在书写中明确体现了这种全球化意识——这只需再提先锋派和它们的反复。还需要注意的是，法国当代文学不论从其自身还是从它与非本土法语文学的关系来看，抑或是根据它的几大主题（反殖民、犹太大劫难）、根据它的多文化特性、根据文学演变的具体条件来看，正如当代诗歌所体现的那样①，都是一种在历史进程中刻画下新的开端的文学。换句话说，进步主义的假设和与先锋派相关的历史观在很大程度上得到了改观。是我们对这种改头换面的受用有加造就了当代法国文学的新意。然而我们对这种改变的重视尚且有限，况且它与文学的延续性同时存在，因此我们注意到：当代文学以双重标准来评价自己，它即是一种创新的文学又是一种滞后的文学；它提出一种对社会时间的特殊看法，对分歧（dissensus）和社会的可能性的看法。所有这一切说明法国当代文学位于一种面对后现代和后殖民的特殊境遇之中。对先锋的重复，正如当代文学中相当一部分所体现出来的那样，与后现代的时代格格不入。一种拒绝了权势的文学所特有的、完全当下化了的对现在及其时间所指的看法更是与后现代南辕北辙。通过非本土法语文学，当代文学与后殖民文学体现出某种相近甚至重合的地方。尽管如此，我们仍需注意法国文学和非本土法语文学的特殊性：它们明显地展示了当代是一个具有多时期定位的当下时间——这在凯

① 关于诗歌的问题请参阅让-克洛德·潘松，《贴近诗人——论当代诗歌》，塞塞勒：Champ Wallon 出版社 1995 年出版。

特布·亚辛的小说《娜吉玛》[1]里早已成为了写作的宗旨，在帕特里克·夏莫瓦佐《最后举止的圣意》[2]里也同样如此。

① 凯特布·亚辛，《娜吉玛》，巴黎：Seuil 出版社 1956 年出版。
② 帕特里克·夏莫瓦佐，《最后举止的圣意》，巴黎：Gallimard 出版社 2002 年出版。

在关于文学的寻常争论之外

鉴于前文确立的视角，我们需要摆脱关于当代文学的所有名目繁多的辩论。这些辩论固然有其合理之处，比如它的某些主题：反现实主义的现实主义、文学的自主与不自主、文学象征地位的条件与分类、现代与现代主义概念的意义等等；比如文学的价值问题，这是用来强调一种与先锋派切实相连的文学而歧视其他文学的工具。但这些并不应该造成这样一种后果，也就是说认为那些“看起来”比较正统的作家和作品无法体现文学的现状。在此需要重复一下茨维坦·托多洛夫在《文学的危殆》[1] 一书中所提出的观点，这些辩论体现出一种连续性和明确的历史可考性——它们的连续性从 18 世纪贯穿当代，而历史可考性则表现在从鲍姆嘉通[2]开始的美学发展过程当中。考量一下在今天这种延续性如何完结，这些辩论的双重性和矛盾性如何减弱，将是饶有意趣的。如此考量将使我们注意到法国当代文学所呈现的某些方面，它将跨越一般文学评论所

① 茨维坦·托多洛夫，《文学的危殆》，巴黎：Flammarion 出版社 2007 年出版。

② ［译注］鲍姆嘉通（Alexander Gottliel Baumgarten，1714—1762），德国启蒙运动时期的哲学家、美学家。一般认为他第一个采用 Aesthetica 的术语，提出并建立了美学这一特殊的哲学学科，被誉为“美学之父”。

体现的凝滞性。在法国，这种凝滞性体现为一种凝滞不前的文学定义，本书将这种文学定义为权势文学。而在国际大范围里，这种凝滞性则体现为对后现代、后殖民所做出的凝滞不前的定义。文学的定义被固化了，因为它被紧紧地与写作的定义混同起来。后现代的定义被固化了，因为它体现了一种停滞的时间观：现在被看作时间的总和。后殖民的定义同样被固化了，因为它用一种隐含的方式昭示了权利的存在。

《法国作家怎么了?》一书通过一种历史性视角对以上种种论点进行阐释：当代——特别是无参照社会的当代，或者按照英国社会学家齐格蒙特·鲍曼[①]的说法，某种“液态”社会的当代——其现状令它通过重复先锋派的举动，部分地带来一种凝滞的、具象的文学。我们也试图通过考察当代文学是如何定义文学的地位问题来阐释这些论点：由于无法摆脱这样一种具象化和凝滞化，法国当代文学的很大一部分因此不能回应当代——它们只是重复着先锋派的游戏，它们追随的是另一段历史的梦想。而同时在当代文学中却存在着另一部分不属于先锋派的文学，它似乎回应着当代的液态社会——法国社会与今天所有的西方社会。与这一回应所对应的是根据可能、根据时间和社会分歧所新创的文学拟态游戏，它们尤其在侦探小说、科幻小说和历史创伤（犹太大屠杀和殖民）小说中得到了体现。这一回应也意味着赋予写作一种新的地位：写作不是一种权势，而是从“可能”的概念

---

① 齐格蒙特·鲍曼，《液态现代性》，剑桥：Polity出版社2000年出版。

出发进行的各种关系的描画。就这样，当代文学的这一部分逃脱了所有一切的身份认同游戏，无论这个游戏如何被定义。通过这样一种文学实践，不管是文学还是作家都以一种真实的面貌出现。这样，在当代文学中就出现了三个整体：权势文学、新的拟态以及新的拟态所带来的如何对作品进行组织的游戏。这种连接了作家和文学的定位游戏让我们得以立足在新的基础之上看待权势文学的问题，更具体地理解凝滞化的问题，以及通过与法国文学的对比，更好地认识后现代与后殖民的问题。

因此，《法国作家怎么了?》一书以这样的方式构成：第一部分讲述了权势文学、与液态社会的关联以及对先锋的重复；第二部分就一种关于可能、关于时间和社会分歧的新拟态游戏考察下的文学进行讨论；第三部分则根据作品的双重性来对这种文学展开论述，这些所谓的双重性的作品相对于现实世界表现出内在性[①]，同时又体现出它们建设性的一面。本书最后部分将诸多论点放置于与后现代和后殖民概念相关的辩论之中。

这本关于法国当代文学的文论与某些理论背景分不开，作者通过一系列论述对这些背景进行了阐释[②]。这些论述提供了连续的思考，体现出一种理论性和历史性。《文学的

---

① ［译注］哲学上的内在性（immanence）概念一般指的是存在物的自足和内在，与超越性相对。

② 其中有让·柏西耶，《文学之谜》，巴黎：PUF出版社1993年出版；《文学的地位是什么?》，巴黎：PUF出版社2001年出版；《文学理论原理》，巴黎：PUF出版社2005年出版，以及《当代文学或是世界的可疑性》，巴黎：PUF出版社2010年出版。

地位是什么?》提出这样一种观点：欧洲文学自19世纪以来是建立在“例外地位”[1]之上的，不管诗歌还是小说，不管现实主义还是反现实主义，不管德国批判唯心主义还是文学的语言学思潮，不管纯粹的抒情诗还是无人称诗歌都是如此。这样一种地位在本质上是没有出路的绝境，法国当代文学对权势文学的承认和迷恋正体现了这一点。这一绝境可以从两方面来说：一方面，它是当代文学所构成的谜，它掩饰了当代文学的无出路状态，这一点与让·保兰所提到的那个关于文字奥秘的古老主题相符[2]；另一方面，它是一种拷问或质疑的游戏，它在文学对其表现和再现游戏产生疑问的时候表现得尤为突出——《文学之谜》一书对此进行了论述。对这些现象做出可能性的解释需要借助于文学理论——《文学理论原理》提出根据对创生与自创生[3]的新看法对文学建构主义[4]进行重新定义——也需

① “例外地位”是指作家认为自己有一种权力可以定义他自己的地位——这种权力表现为他可以决定什么可说、什么不可说，什么可再现、什么不可再现；作品通过同样的方式，根据它自己所认定的进行再现的权力和自主性得到定义。有关概念和论点请参看本书作者《文学的地位是什么?》一书，前揭。

② 让·保兰，《塔尔博之花或文字中的恐怖》，巴黎：Gallimard出版社1941年出版。这一主题构成了保兰思想一贯的背景。

③ 创生（poïesis）是指作品从现有的话语与信息中提取相关要素进行创作，而自创生（autopoïesis）则是指在作品中对这样一种提取进行有实据的描画。

④ [译注] 建构主义（constructivisme）最早是发源于俄国1917年大革命后的艺术流派，标榜艺术的思想性、形成性、和民族性，采用圆、矩形和直线作为主要艺术语言，目标是要透过结合不同的元素以构筑新的现实。文学理论中的建构主义以批判学科知识生产中的本质主义思维方式出发，主张文学的本质是建构出来的，不存在非历史的、永恒的本质，并提出重建文学理论知识的历史性和地方性语境。

要借助于作家的实践。写作事实上并不只是它自身，仅仅作为一种文学的表露行径，而是不断地对话语的背景进行重新构置，不论特殊话语还是共同话语。因而，根据各关系间阐释的不同，写作时而是一种结束，时而是一种开端。

在确定了这些观点之后，在当今文学国际化趋势的眼光之下，讨论法国当代文学的状况归结为以下三点：总体上，法国文学相对世界文学而言体现出某种脱节；然而它们之间却也有交叉点——比如安德列斯群岛文学和非本土法语文学，它们在总体上以一种诗学的眼光，回应了液态社会，创造了新的拟态游戏。然而，这样一种文学却也有其独到的启示作用：它通过背景的重新构置而获得了批判的力量。那么，正是这一点将为我们提供找到解开当代文学悖论的答案——这些悖论尤其通过诗歌及其海德格尔式的、文本的、具象的趋向表现出来，因为法国当代诗歌的主要特征正是在这些悖论里得到了体现①。

---

① 法国当代诗歌选集《诗人你自己》一书的前言，巴黎：Castor Astral 出版社。

法国当代文学中的盲目与上瘾

从一些细微的表征中我们可以发现，当代法国作家和评论家，即那些在过去二十五年来活跃于文坛的作家和评论家，表现出某种盲目和上瘾的症状。

就对现实视若无睹来说，我们知道，安妮·埃尔诺自视为女权主义者，表现出对现实的关怀。她在法国文化部门的协助下曾在首尔一所大学的法语系面对着二十来位听众作了一次讲座。来自首尔的现场情况如下：她公然指出在座的女性为数甚少，因而堂而皇之地得出结论说女性在韩国社会中地位低微。她忽视了一个道理：我们不能仅凭一份数量很少且不具代表性的抽样就妄下结论。她应当从整个韩国社会展开调查，不该把这远东某国的一个法语系当成了法兰西。

就徒劳地重述过去来说，查理·唐齐格，某法国文学著作的作者，声称 1789 年是一个与文学无关的年份①。他

① 查理·唐齐格，《法国文学私我词典》，巴黎 Grasset 出版社 2005 年出版。他在 2006 年 3 月份的《新观察家》上发表了以上言论。

知道，1789 年从来就没有被人当成过一个与文学有关的年份。所以说，为了暗示我们应当重新回到过去，他打开了一扇虚假的窗口。他的这一赘举纯属某种迷恋过去的强迫症情结在作祟。作家和评论家们这种自愿的盲目和上瘾却并不妨碍他们声称自己立足当下。凡此种种自相矛盾均可归结为现代情结的作祟，尽管那几位公开的反现代主义分子，比如菲利普·缪莱，拒绝这一说法。

一边是盲目与上瘾，另一边又声称当代，此二元对立说明当代文学是一个它自己都没有意识到的矛盾体。如果从当代文学的具体形式来判断，这一矛盾就更加一目了然了。自愿的盲目与上瘾和对当代性的特别认同相辅相成，后者与 60—70 年代对当代的认同及其表现方式别无二致。从这里开始，要讨论这二十五年来“法国文学怎么了”的问题，就等同于谈论一种忠于 60—70 年代的继续行进着的文学——当然，例外的情况也为数不少。通过这样的滞留，作家们为自己的盲目与上瘾找到了顺理成章的理由。因而他们也就无法理解当代的新事物并构思途径来呈现这些新事物了。从本质上讲，今天，法国文学仅以重复的方式在思考着、书写着，而这并没能让作家们对他们在当下所处的位置做出确切的定位。某种纪年错位由此产生了。

这一自愿的选择使“继续”自诩为“先锋”，即贴合现在、忧患未来，成为了可能，也给形成中的文学带上了三四十年前的文学那样丰富的中肯性。另外，它还造成了这样一种观点：一方面，近年来的文学所经受的文学的、象征的、社会的、文化的和意识形态的拷问已经达成了一致；

另一方面，它让人们认为，通过这样的一致，当代文学与社会、历史及所有一切达成了和解。这一点可以从评论实践中看出来。

当代作家们行使自己的权威，并将这一权威转借给他们的作品，一如60—70年代的先锋派作家们：他们给自己摊派了评判一切现实的权力，根据能指与所指、文本与文本间性的游戏来行使他们的权威并将它转借给他们的作品。当代作家们可以为所有历史和文化的认同而欢欣鼓舞——我们没有忘记，在60—70年代，学者们普遍认为，人与人之间在人类学、象征层面上存在着巨大的差异，这些差异最终通过文化表现出来。然而，当代文学却不能为自己的写作方法、为它所认识到的主体地位或它对现实的再现找到合理的理由。它似乎对呼应了这一认同和再现并定义了当代社会的新事物——即一段成为自身不对称物的历史，一个陌生人的群落——置若罔闻。这一双重特性让当代社会变成了一个无参照社会，一个文学应当感知却没有感知到的社会。

然而，这种文学却在那些并不处于传统文学中心的作品当中找到了它自己的对立物——侦探小说、科幻小说、“大劫难”[①] 文学、殖民文学、新现实主义文学、新先锋派等。创造和再现就在那里产生，它们详释了历史与文学认同的涵义，将我们的社会鉴定为无社会的社会。通过这一鉴定，我们避免了将文学削减为一种意识形态和象征的副

---

① ［译注］即二战时对犹太人的种族迫害。

现象。

阿兰·罗伯-格里耶见证了这样一种文学：它不能为自己的写作方法找到理由，并驻足在60—70年代的文学及其现代主义和存在主义前辈那里。《重现的镜子》简单明了地在80年代这当代文学史上承前启后的时刻，说出了——尤其通过它对罗兰-巴特的回顾——60年代先锋派们的自负和信仰缺失，也就是说，他们没有为文学找到公开的理由。对个人和历史的考据在罗伯-格里耶那里只不过为了愈加突出水这一象征符号——不稳定性的象征——的重要性，并通过回忆来维持一种重复的话语。稍后在2001年，《反复》在战后柏林的叙述中给出了这种重复话语的小说形象。这两部作品所勾画出的冗长路线将文学当作了意识形态和象征的副现象。然而却有评论认为，罗伯-格里耶凭《反复》给出了他的新世纪奠基文本之一[1]。这就引出了一个问题：体现了我们这个时代的奠基文学到底该是什么样的呢？能够被当成这样一种奠基文学的应当是与罗伯-格里耶的反复游戏相反的文学。2006年，有一部小说勾勒出了此种文学的样貌，理由是它认识到了历史和文学的过往及其内涵，由于这一认同，如何超越先锋及其反复游戏的问题得到了解答：它就是乔纳森·利特尔的《复仇女神》[2]。

---

① 这是弗朗索瓦·布斯奈尔在《快报》上发表的观点。参见该小说的封底。

② ［译注］利特尔凭该小说获2006年法国龚古尔文学奖。

作家、评论及当代文学的悖论

从追忆大作家到玩物文学

亨利·哈克茨莫夫文论的书名《文豪之死》传达了作家和评论家们的想法：如今没人能把自己当作堪与纪德、马尔罗或萨特比肩的人物。这传达了时代变化铿锵有力的声音。然而，重点并不在这里，而在于我们为什么会有这样一种想法。选择这种想法可以视为是一种急切寻找文学归属感的病态。作家要求被视作文学的一部分，但他得到的只能是一种低等的归属状态。作家有很多，却无人能填补文学的空白，而且任凭作家的数量再多也无法填满这一空白，但恰恰每个人又都认为文学是确定的。我们只需记得，有关作品的不可传递性的引证还在继续。以上这些实录包含一个悖论：作家对文学的肯定和对自己的肯定与文学的某种无能分不开。所以对大作家的召唤一方面应该被理解成：它在提醒我们，大作家们在他们那个时代洞悉文学的状况和力量。另一方面它也应该被理解成：它是在提醒我们当代作家的昏聩。当代作家们注意到了变化的产生——对大作家的召唤就说明了这一点；然而，在文学创作上，他们却表现出一副视若无睹的架势，尽管他们的作品显示出，很多东西已经不一样了。他们并没有真正指出当代文学形势的特征，而是和他们的前辈一样重复着写作的至高无上、作品与作家的联系和文学对社会的反动。清醒与昏聩就这样并存着。

昏聩是从文学史和对过去的依赖的角度来说的。称其昏聩也是因为当代文学将诗歌写成了宣言——这显示了对19世纪20年代和对超现实主义的忠诚不二①；也是因为它忠实于60—70年代的著名作家：塞林、格诺、阿尔托、巴勒斯、格特鲁德·斯泰因等；也是因为“潜在文学工场”（Oulipo）这一游戏文学、形式文学和文本性文学的集大成者继续存在着——只要看看雅克·鲁博就够了。诚然，时代的更替部分地解释了这一延续——雅克·鲁博又一次说明了问题，而克洛德·欧里叶也是个好例子，他的小说创作是一种对新小说坚持不懈的延续。更年轻的作家们继续为怎么写而绞尽脑汁，他们将这种写作上的顾虑作为他们决裂意图的体现。诚然，争论的细节可能与60—70年代有所不同。诚然，当代文学表现了它自己的逾越，认识到必须回应时代的迫切需要。奥利维耶·卡迪欧的形式观，让·鲁欧对历史的新视角，午夜出版社的作家们几近极简主义的限制游戏均说明了这一点。然而，不管是这一变化还是用来定义写作和文学的措辞的更新都不能掩盖对近往文学历史的依恋，尽管作家们坚决声称自己是当代作家，

① 这一点尤其体现在让-马利·格列兹的作品里。

或者像他们当中很多人所说的那样，是现代作家[1]。然而，“现代”这一术语的运用并不意味着承认对过去——至少是文学层面上的过去——的依恋，而且承认这一点远非作家们所愿。这些双重性可视作是革新的种种表现，但它们也传达出当代作家对前辈们的依赖，比如现代派作家、60年代的先锋派作家——他们中的大部分对现代派进行着重复。从中我们可以读出一种对于延续性的痴狂症，它将文学变成了，用波德莱尔形容商品统治中所有物体失去了象征性的术语来说，某种严肃的玩物。

由于无法明确地从当下对自身进行思考，无法认识到当下不应该是一种对前代的重复，文学便不断地对现有的文学象征符号进行确认，对大作家的召唤就属其一。于是，文学看起来就像是一种反象征（désymbolisation）过程，消解了它对它的参照和它自己所进行的象征。这一反象征具有双重特性，分别体现在作家的地位和文学的地位两个方面。

作家的地位：不论他的意愿如何明显，他的实践如何坚定，作家都将他的意愿和实践视为不确定。这种不确定并不新鲜，贝克特、玛格丽特·杜拉斯和莫里斯·布朗肖都已经表达过这一点，他们将它看成一种由否定向肯定的转变。今天，由于这样一种倒转的缺失，作家的不确定传达出这样一种信息：文学不再被视为是作家及其实践的完

① 我们可以列举菲利普·索莱尔斯、奥利维耶·卡迪欧和其他那些自认为代表了我们的现代性的作家，比如奥利维叶·罗兰。

满参照物，作家及其实践也不再自视为文学的完满参照物。于是，对作家来说，从承认文学历史到寻找他自己的文学创作理由这一单向运动带有些许崩落的意味——对让·鲁欧来说，这一过程通过回忆童年得以实现。当代作家们述说着他们的低等状态，承认了文学，实践了文学，却感觉不到文学是他们的完全保障。

文学的地位：由于处在这样一种矛盾当中，作家认为文学的繁衍体现在作品各自的内容里，但由于同样的原因，他无法证明文学具有真正的恒常。文学既由具体的作品构成，便在作品的更迭所引起的抽象化中消解。它看起来似乎不能通过对不断出现的作品所产生的象征能力得到证实。如果我们重新定义罗兰·巴特的能指游戏，文学的这一反象征便可被视作是这个游戏的终极后果。能指文学具有一个隐性条件：语言失去了参照，也不再是它自身的参照。这是反象征最极端的表达。然而，反象征要求继续沿用文学和文学延续这两个观念，但这两个观念却无法在文学、乃至形成中的作品中得到任何确定的应用。

我们遇到了一个悖论。我们将某一些作品称为文学作品，但文学已经不存在了。文学不能再被认为是保障所有作品的一个整体了，我们也不必再假设并抱有这样一种观念。作品的存在并不保证文学的存在。为了概括文学的自动延续特征，这一当代悖论可以用更古老的术语来表达，即文学的消失和衰败，为了表达文学的自动延续，我们可以引入一个前悖论。这第一重悖论，特别是当它借用了布朗肖的论据之后，滋养了权威性的作家评论和学者评论。我们不应混淆这两个悖论。更早的那个悖论具有思辨性：它仅是文学权力观念的追随物。当代的那个悖论是与文学现有的矛盾相对应的。作家、评论和出版商实际上均在按照不远的过去对文学做出评估。这样的一种评估意味着文学是作品们的保障，意味着文学构成一个整体，然而这样的评估却再得不到作品间的互动的保障了。在这种情况下，我们不应当因此而认为当代文学选择了对自身进行鲜明的诋毁①。

反象征的表现

再没有比2005年龚古尔奖最后入围的三部小说之间的互逐互照更能代表当代文学的反象征了。弗朗索瓦·韦耶尔冈的《母亲家的三日》：一位作家，即作者本人，辛勤地笔耕着，写的正是读者正在阅读的这本小说。就如小说题目所揭示的，这里有一个关于时间的游戏，还有一个对写作（和它的低等状况）进行勾画的极端游戏，即关于文学的游戏。

关于时间的游戏：写作建构起时间的桥梁，在确凿存在的过去和无疑缺失的未来图景之间建立联系，即使未来的图景存在着，它也是微小而私人的——一切都融会于家庭故事当中。

关于文学的游戏：作家代表自己，代表小说写作，讲述着他自己的作品和阅读经验。这是一个私人的自给自足

---

① 文学贬值的论点，参见威廉·马克思，《永别了，文学》，巴黎：午夜出版社2005年出版。

的游戏。文学的视野被削减了。我们可以以同样的方式对另两部小说进行阅读。让-菲利普·图森的《逃》：它是一段在他处（中国）的、发生在现在的历史，这使得叙述具有了客观性的可能。这一叙述本身便是新小说派“客体小说”的反复。这里同样存在一个时间游戏和文学游戏的削减。米歇尔·维勒贝克的《一个岛的可能性》：仅剩的只有私人生活的现在与过去以及关于它们的书写。如果未来存在的话，它不属于任何人，而只属于一个空想的小团体。这便是关于时间的游戏。这部小说就这样记录下所有叙述的自负。关于文学的游戏，即关于叙述恰当性的缺失和这部小说仍然是叙事性的游戏，与当今社会未来图景的缺失及时间的不协调相对应。

这个关于时间和关于文学的游戏所造成的后果是，这前两部小说分别以各自的方式告诉我们，一方面，未来挨靠着过去，过去既是现在又是现在的前事，另一方面，呈示从过去到未来的通道意味着运用文学与创造性想象，只有在这两个条件成立的情况下，事物才会为我们（现在）并通过我们而发生。尽管这个游戏不确定，尽管文学的这项工作已经过时，这两部小说的论述仍然证明了写作妄图自我再现的自负（正如弗朗索瓦·韦耶尔冈）；写作落入的次等状态，即我们称作的极简主义（让-菲利普·图森）。《一个岛的可能性》更将这几点发掘到极致。未来应当残留着对我们的记忆，这样的一个未来是缺席的，我们无法将这样一种缺失排除在外，这一点成为了米歇尔·维勒贝克的论证依据和叙述理由，而在他那里，文学的写作常规没有遭到排斥。这三部小说说明，一个可以由作品构成的具有凝聚力的文学空间不存在——正是这一内凝造就了文学——可以让社会的内凝根据不同的社会分划来运作的某种社会空间也不存在。

由此可见，形成中的文学颇有一个清醒的头脑。它的清醒与当代作家们的自相矛盾不可分割：他们继续按照一种完满的文学视角进行写作，无视我们不能对文学也不能对社会提供参照的现实。这一矛盾解释了我们对大作家们的追忆，他们属于“超级政治”时代，属于政治团体、社会分层一目了然的时代，在那些时代里作家们以夸张的方式回应一切。社会这一概念似乎具有明确的参照，政治、社会活动和个人活动亦然。在2005年最受龚古尔文学奖垂青的这三部小说里，我们可以发现与促成了令我们念念不忘的大文学与大文豪的条件完全相背的某些东西的表现。这个矛盾本身却鲜有被察觉并加以分析。即使被察觉，它也仅被当作一个包含了纯文学新定义的文学游戏。皮埃尔·朱尔德的这段话表明了这一漠视并作了招认：

> （真正的作家）并不将特殊性视为价值所在，也不将普遍性视为价值所在。[……] 他寻找着两者的结合点：逃逸线（des lignes de fuite）不复存在，在想象中的视野边际，现实超出了虚构的框架将我们牢牢抓住。在这一点上，极端的个体性恰恰与绝对的虚无融为一体。文学于是在这一细微的探寻中，在中立自己的同时，任由自己达

到了极端的强度。①

也许用马拉美式的词汇能更好地表达文学的缺失和社会的缺失，它事实上并不排斥现实——现实并不等于社会，我们须明白这一点——并最终将文学等同于否定。这又是一种马拉美式的文学游戏，并暗自对拟态（mimétisme）行径作了招认。文学的否定一如社会的否定。事实上，今天的社会并不能提供给我们作为时间定位前提的历史出发点，也不能让我们认识到存在着一个作为集体行为产生契机的现实，从而将它构建成一个主体社会。即便我们承认文学确具有几分清醒，它在事实上也不可避免地沦为了一个玩物。

新闻评论、继承情愫和文学更迭

新闻体文学评论是一个矛盾体：它明显是从将文学看成整体文学并根据继承游戏的角度来解读文学；而它又知道，文学本身不过是不断相继出版的作品总合。通过这一矛盾，它让我们认识到了当代文学写作的真实情形，尽管还没有明确指出这一状况的实质特征。它与它所评论的作品一样，身陷同一个悖论。

就如《世界报》文学版所体现的那样，评论是知识自

---

① 皮埃尔·朱尔德，《无胃的文学》，巴黎：半岛精神出版社 2002 年出版，p. 31。

由主义的完美演绎，它给我们造成这样一种感觉：文学能令人满意，它不断地满足着读者的期待，满足着人类各种各样心理学的、道德的、意识形态的期待。对纯文学的强调所反映的并不是一种知识或艺术精英主义或者一种明确的美学忧患，而是表达出如下主要意图：让我们以为文学在今时今地自成体系，就如他时他处它曾是自成体系的一样。当然，评论也对形成中的文学进行了揭发——尽管这并不是太常见。这一点在某些著作中得到了体现。米歇尔·克莱彪的《文字的迷惑》（1999），2002年评论大奖得主让-菲利普·多梅克的《谁害怕文学?》，还有《世界报》文学版负责人帕特里克·凯奇奇昂的《王子与公国——讽世》（2006），它们均非讽刺或有理有据的抨击，而更多是满纸的抱怨。抱怨是一种让我们注意到当代文学低等状态的途径。低等状态是相对法国文学传统和过去的文豪们来说的。在所有情况下，即使我们对当代文学抱乐观态度，我们终会有意无意地拿这一形成中的文学和既有的法国文学作对比。比较有时能让我们继续肯定书写的力量，它的效力自然是当下的。《小说工坊》、《借口》等刊物均是此类肯定的专家。有时它又让我们得出了文学衰败的结论。让-马利·多姆纳奇在《法国文化之暮》（1995）中絮絮叨叨地指出了法国文学的没落。然而，以下这种态度却一贯不变：假装认为，由于当代既不是昨天的“当代”又不是明天的“当代”，故此它倚靠着新与旧的游戏而存在，并提出了框示新与旧的多种方式。

这种态度命令我们以整体的眼光来看待法国文学：在多

样性和演进过程中，法国文学构成了一个无所不包的整体；经过组构的这一整体提供了多种构造和路径。根据它的假设，作家被安置于这样一种文学当中，知道自己被包括在文学的准不死性之内，以文学建筑为参照进行自我定位，在不同的路径中寻找并找到自己的道路。根据评论直接或间接地处理新旧问题的方式不同，它或是将作品视为完全从属于文学所构成的不变体当中，或是认为它是当下的、新的，并且是高质量的。前一种价值评定仅仅说明：某作品良好地体现了法国文学所构成的整体，是一个如何在这个整体中自我导向的范例。第二种价值评定说明：该作品所做的仅是重新在这个整体中自我导向、认识这一整体并再次证实这一整体。如果评论否认某具体作品具有某项以上特征，这同样也仅仅说明，根据人们直接或间接地处理文学继承问题的方式不同：要么该作品对于在这个整体中勾画新的导向毫无用处；要么它无法复原或摹拟遗产中的某一部分，无法显著地或完全地成为这个整体的一部分，尽管它正不可避免地炫耀着这个整体。由于它奉行整体主义，这种评论自相矛盾地变成了一种关于流行的话语。我们知道，流行即作为典范的新事物，它不停地从一个典范转换到另一个典范，意味着我们不可避免地承认了典范的某种延续性。

然而，评论家们却无法忽视当代的定义。他们的书评只是亦步亦趋地跟随出版的更迭，丝毫不能为确保文学或某一作家作品的自动延续起到任何作用。对自动延续性的确认被混同于某种唯名论游戏，只不过是作家名字与书名的一连串引用。于是评论家们有违本意地指出，在作品的出版游戏当中，文学并不能被概括为源源不断的评论和作品的监护人及守卫者的角色。不论书评所能勾画出的评论系统如何，文学在自身的游戏中根据它自己的运作所要求的意外举动不停地变换着游戏规则。即便最不了解文学和出版界的人也不会忽视以下事实：出版业的资本集中并没有抹去众多出版社的名字，一个东家可以同时打着好几间出版社的名头；于是它就可以有系统地策划一些意外举动，游戏着它手下各个出版社或传统或个性的名声，而所谓传统或个性也是它和大众给各个出版社贴上的标签；它必须不断使用这种意外举动来确保资本集中的至上优势。人们所说的没有出版人的出版现象不仅说明了资本和商业对文学造成的压力，它更强调了那个文学大业延续性的监护人再不是文学的保证了。

在这些意外举动下，作家和评论家们无法幸免。为了说明这一点，只需再次引用围绕2005年度的文学奖项上演的那场好戏便可。这是一个精心准备的冷门，米歇尔·维勒贝克《一个岛的可能性》的出版便是如此。这是一个外表看来毫无准备的冷门，弗朗索瓦·韦耶尔冈那部备受期待最终得以出版的《母亲家的三日》就是例子。这是一个本无意成为冷门的冷门：让-菲利普·图森的《逃》看起来似乎是对创作的自动延续和文学的延续顶礼膜拜的代表性小说，然而，在2005年龚古尔奖的背景下，它成为了一个冷门。书评首先传达了这样一个事实：任何评论家都无法躲避冷门爆出，每个人只能希望自己是最明智的——说中了那部应该获奖的作品。评审委员会遵从同样的逻辑：它与大部分预测反其道而行，想要显得比谁都明智——《一个岛的可能性》之前曾是大热门①。

尽管言必谈当代，当涉及作家的形象时，这种评论却忽视了文学的当代环境。一方面，它不仅假设了文学的整体，还假设了社会的整体以及作家、评论家、读者与这一整体的紧密联系——它没有说出文学的当下性，而是假想了文学的某种理想世界，将作品、作家和读者悉数卷入其中。另一方面，文学产出是对当代性的实现，是它引发了文学评论。文学产出暴露了彼此分离的作品和作品间呈分离状态的时代性；它禁止在纯粹文学的基础上铸造出这一产出的连续性叙述——那些不停地念叨着对自己的选择没有把握，念叨着一本书的成功与否不可预见的出版人明白这一点。出版上的更迭事实上是文学仅有的、稳定的并可被识别的延续。评论被卷入这一矛盾之中，于是它就可以通过一种荒唐可笑的行径将一切都归结于文学。这既显示了它自己的双重性又显示了文学的双重性。在法国国家二台纪尧姆·杜让的《校园》节目里，一位娱乐明星与数位作家和评论家同台而坐，节目中惊喜连连，以此用来证明文学无所不包的力量，不管他们侃侃而谈的是流行音乐还是其他什么东西，这些都可以叫做“文学”②。这证明了，成为当代文学推动者的电视制作人认识到了当代文学的诸多矛盾，但是他们在文学的地位问题上想要愚弄读者和电

① ［译注］2005年的龚古尔奖最终授予弗朗索瓦·韦耶尔冈《母亲家的三日》。

② 还有Itélé电视台的《后记》栏目。

视观众。评论界纷纷效仿，在电台策划了“面具与羽毛笔”这档类似民主仪式的节目，嘉宾们畅谈着对时事政治等方方面面的看法。评论可以再次肯定文学的存在，把自己弄得像个戏子，菲利普·索莱尔斯就是一例。评论通过它赖以为基础的矛盾，把自己当作了所有病理的评定者。不管是公开地还是在暗地里把自己奉为准则，它都陷入了唯名论游戏当中。由于这样一种二元性，它成为了对自己的虚构和对当代作家及其文学所处状况彻头彻尾的摹拟。

权势文学

那些最能代表当代文学的低等状态和反象征的人同时却津津乐道地将文学看作一个整体，再没有比这更有意思的了。弗雷德里克·贝格伯代在小说中发现了所有一切的保障，他说：“小说取代了上帝。[①]”米歇尔·维勒贝克通过诗歌，通过“他意”(le sens autre)，或者干脆说，通过随便什么东西找回了文学的理由：

> [诗歌] 是荒诞变成了创造者；它是他意的创造者，尽管陌生，却直接、无限而激情澎湃。[②]

---

① 弗雷德里克·贝格伯代，《温和的乌托邦》，收录于《小说是干什么用的?》，巴黎：Flammarion 出版社《小说工坊》丛书 2004 年出版，p. 37。

② 米歇尔·维勒贝克，《创造性的荒诞》，收录于《发言》，巴黎：Flammarion 出版社 1999 年出版，p. 36。

我们明白，文学，一旦我们将它视作一个整体，它就可以附身在任何一本书上，就可以成为最充分的理由，并将与文学最无关的考虑都收纳其中。尽管它本身包含矛盾——正是这些矛盾造成了它的反象征——，我们仍然授予它某种完满的、绝对的权力。因此，不论某些诗人为文字主义所作的辩护，还是克里斯蒂娜·安戈所作的只对文学所能产生的经济利益感兴趣的招认，抑或是菲利普·索莱尔斯做戏式的评论都是事出有因。这些态度以对文学的信仰和肯定文学的确凿存在为前提。它们是对当代作家所处的矛盾状态的回答，但作家们却扭扭捏捏不肯承认这种状况。

总之，作家们出产着、评论家们挖掘着一幅惹人注目的文学图像，即权势文学的图像。

作家：作家将文学看作是从前作品和现在作品的总合——也就是说，某种充斥着太多已知和未知事物的原始森林。简言之，即某种权势，某种时间储备，等待着当代作品来认可它，框定它。它是超越了所有一切的那个整体。菲利普·索莱尔斯将取代了《如是》的刊物命名为《无限》很能说明问题。作家所承认的病理症状完全变成了官能性的：这让他可以把自己当成文学的仆从，并让当代作品带上准确中肯的名声——当代作品只有通过权势文学才能认清自己。这样一种看待文学的方式与看待世界的方式并非没有关系。我们认为，既有的文学和形成中的文学教导我们：我们的世界等待着根据构成元素、善与恶、文学本身和其他许多东西来被认识、被区分。文学让我们看到，当代世界处于与文学一样的不明权势状态和存储状态之中。

这就是为什么描写现实并不意味着运用任何系统性的方法，也不意味着从现实主义视角进行叙述，而是强加一种细节现实主义，一种被瓦解的现实主义。这同时意味着现实作为一种权势存在。正是它使作家根据这种瓦解进行写作成为了可能，比如莱斯利·卡普兰、弗朗索瓦·邦、杰拉尔·莫迪亚。我们将最终明白，这种拯救文学的方式会让我们继续将文学视为形成中的文学的保障，它说明了我们不但可以随心所欲地授予它一种说教功能，还可以将它定义为一个关于确定与不确定的游戏。

说教功能：文学教导我们应当在当代世界中学会区分，比如说善与恶——这两者并不是说得清楚的——和其他别的东西。这就是为什么如今只有极少数作品能引起丑闻。多数情况下我们偏向于认可那些震惊视听并因此引起伦理或政治辩论的作品——更恰当地说是关于固有伦理和政治观念的说教性辩论。我们只要看看维吉尼妮·德彭特的作品在评论界的反应，玛丽·达里厄塞克直接或间接参与的自我评价和米歇尔·维勒贝克在评论界所激起的愤怒。

确定与不确定：文学的原始森林掌控着形成中的文学，同时又有待被准确地得到识别。这就是为什么人们，特别是学院派评论家，对定义和重新定义文学的游戏如此津津乐道的原因。

因此，为文学极简主义辩护或视它作呆板无趣皆是徒劳，认为当代作家运用陈词滥调、中性写作和关于未说（non-dit）的隐性游戏恰当与否，这两种态度均毫无意义。在此，我们看到某些手段被用来游戏权势文学的形象，即运用有限的方法来指认等候着被命名、被区分、被分割的未区分物。以同样的方式，这些手段也可以用来描写现实，让读者辨认出现实。因此，将这一切当作文学的一种确定的实践或不确定的实践同样也是徒劳。承认原始文学的存在只不过是一种想象力的练习；后者意味着用当前的眼光来看待文学，仅将它限制于一种用来指认权势文学的练习。承认现实的潜在权势引发了文学创造的世界同样是有限的结论。不论说到克里斯蒂娜·安戈、玛丽·达里厄塞克、奥利维叶·罗兰，还是某些诗人，如克洛德·华耶尔-朱尔诺、埃曼努埃尔·奥卡尔和让-马利·格列兹，这些作家所各自展现的世界由于自身的限制，正处于个人世界、社会世界及其历史所代表的原始森林的界线上。站在界线上是将当代文学所处的低等状态变成写作的有益条件、变成准许写作并建立其权威的积极条件的最好方法。

评论家：他们描绘着当代文学的更迭，并顺应再版和研究的导向从中加入既有的文学，这是一方面；另一方面，他们命名的文学的形式要素则少之又少。这就是为什么他们对文学样式的重新归类或对写作的最基本概念情有独钟的原因了。这就体现了一对矛盾：用最少的词汇命名最大量的作品，并且让这种命名看起来似乎是纯文学性的。在他们看来这是指明原始森林为何物的最佳方法。对大作家和他们的作品的召唤使得评论有理由运用一种不完全的阐释学，让他们对原始森林的定义进一步得到了保障。新闻评论、详尽的作品概要和学者评论很好地表明了这一点。新闻评论必须把一切都以新闻的形式表现出来，这一限制造就了它的简洁。新闻评论对作品实行最简命名，但它又必须引申出文学的形象。他们就这样从一个命名转换到另一个命名，将作品评论变成了对该作品的简洁回顾，完美地体现了一种不完全的阐释学，而这种阐释学本身是对文学不再构成作品的保障这一事实做出的适应性调整。长篇的新闻评论，比如说《解放报》上的文学版块，篇幅长到能当文学课的教材。它的重点不在于呈现作品和作家的真实面貌，而在于把它们当作可以明确命名的东西，当作尽管如此却仍携带着某些不确定的东西，当作因而该继续被命名的东西。这体现在评论们自相矛盾的评语上，这些评语允许假设原始森林的存在，即文学的原始森林和可以为文学提供参照的那个世界的原始森林，而作家和他的作品应当和这个原始森林系挂起联系。

学者评论——大学教授们的评论：它明确地重新拾起作家评论的典范，对一切都一视同仁，既与文学史的多个方向交叉，又与60—70年代的形式主义和话语的意识形态分析所得出的不乏自相矛盾的成果相交叉。没有人对它的一视同仁提出异议。有的评论家混淆了自我虚构（auto-fiction）这一术语的两层意思——向自身回拢的虚构和以自传为基础的虚构①，将形式主义和实证主义联系起来，无止尽地追逐着文本和文本间联系性的概念，用此二者来鉴定文本间的影响，以混沌的观点来看待文学作品。我们

① 见布鲁诺·布莱克曼、阿琳娜·姆拉-布吕奈尔和马克·旦波尔编订的《21世纪之交的法国小说》，巴黎：PSN出版社2004年出版。

处于无知之中，要将文学当作一座原始森林的话，这种无知不可或缺。

由于文学被当成了权势文学，这说明它不是从历史的角度受到考察，而被当作一种学科记忆，它以同步运动从一个文学问题向另一个文学问题作水平的行进，而非垂直的行进，与某种文学样式或某类文学的特有形式作着历史性的抗争。事实上，我们在摈弃了文学的野心和意识形态评论在真实问题上的野心——即 50－70 年代的那种野心——的同时，我们一般化、夸张化了解构主义在认识论方面的怀疑论。我们在此找到了在评论中继续玩弄命名与命名缺失的游戏的最好方法。对 60－70 年代形式主义的继承证实了这个游戏。采用多种手段来描绘一部作品的结构，运用叙事学的矛盾来继续对叙述特征的描述，这样做每一次都相当于将确定与不确定联系起来。倚重将文学看作一种总体的虚构意味着向权势文学的说法靠拢。如果我们引用钱拉·热奈特提出的条件式文学和构成式文学这两个概念，那么前者是一种无定义的文学，而在后者那里文学是被定义了的。事实上，我们这是在重复现代和古代之间的区别。当我们用二元对立来概括这一区别的特征时，我们自然就建立了权势文学的假命题。有一种已经构建完毕的文学，它可以用理论术语来得到定义，但这些术语并不适用于现代的文学；然而，现代文学却将这建构完毕的文学当作了一种权势文学——这就是条件式与构成式二元对立之所在。没有这二元对立，没有权势文学的假命题，文学的延续就无从谈起，我们也无法证明所谈论的仍然是文学。

我们于是可以从当代文学创作和文学评论中读出一个悖论，这个悖论让当代文学创作和文学批评的喋喋不休构成了文学与作家的神话。贝纳德·潘谷的作品很好地体现了这一点，比如他在《写作日与夜》中延续了文学之谜这个他在亨利·詹姆斯那里发现的古老主题；而皮埃尔·米匈在《国王的身体》里暴露出同样的问题。然而，总的来说我们并没有将文学当成某种神秘之物。在权势文学的观照下，它甚至表现出某种透明性。我们认为它抛弃了娜塔丽·萨洛特称作的怀疑时代。新与旧一直被当作确凿的事实而被加以评定。讨论文学的神秘性只会让我们默默地认识到把文学定为权势文学这一观点所引发的二元对立，即文学的命名与命名缺失皆为可能。这就是为什么当代文学创作和文学评论构成了某种文学思想的范例，并引发了以下诘问：文学由什么构成？文学正在由什么构成？这就是为什么当代文学创作和文学评论构成了急切寻找文学归属感的病态和以下矛盾：文学不再构成当代作品的参照，但我们却仍将文学视为一种理所当然的神秘保障物。这样一种对文学的思考因而是暧昧的。如果认为文学包含了所有的作品，是它自身的总合，那么这就陷入了对它自身的不确定。将文学看作权势文学，看作即可被命名又可不被命名的东西，让这种思考变成了唯名论。

因此，写作和评论，不管是新闻评论还是学者评论，都无法脱离一种戏剧性——造成这种戏剧性的原因，是因为所有对文学的命名都意味着一种命名的缺失或一种不确定——也与古典能否作为古典生存下去的拷问分不开。因此，我们再一次老例新提，再没有比围绕着2005年龚古尔奖候选作品所发起的辩论更具戏剧性的了：事实上，没有一个评论家能够确保自己对这些作品的描述和评估恰当中肯。这里并不仅仅有一个通常的个人喜好的问题，还体现了一个能否真正对文学进行命名的游戏。关于古典能否继续存在的诘问体现在对《一个岛的可能性》作出的常规性阅读上——这样，马克·弗马罗里就可以通过将这部小说定义为现实主义和自然主义之间的擦边球来向每个人做出保证；这个诘问还体现在将《母亲家的三天》同时鉴定为形成中的文学和既有文学。由于这种戏剧性，当代文学既是被肯定了的，又是尚未被实现的。这就造成了文学实践和文学思想之间的悖论。

现代情愫与对当下的拒绝

反象征体现出文学与作家、文学与其参照物相互之间的不协调，因此它与以下几对关系有着莫大的联系：历史与历史跨越，这体现在对从前作品的召唤上；历史性与普遍性，这体现在文学的延绵不息与广大上；特殊性与一般性，这体现在文学对具体作品产生的总合效应上。在当代作品中，这些关系都消失了。仍然显见的是当代文学与它自身参照物之间关系的问题。当代文学的参照物，不管从文学方面还是现实方面来说，都不确定。作家们暴露了这一不确定，用权势文学的游戏，通过将现实定义为这样一种权势来对它做出回应：文学构成了某种无时间性的存储，而现实，不管其实际如何，也是一种持续可用的存储。这种暴露和回应与作家们看待当代与当代文学的方式以及将它们与现代联系起来的方式分不开。这一切以特殊的方式将作家和作品摆在与当代社会面对面的位置上。当代社会再无法让我们找到时间定位的历史出发点，它不再是那样一个能够建构或象征某一集体行为、能够让这个社会作为自己的创造物显现出来的现实。它否认分歧（dissensus）的存在，而分歧能够制定群落范式，将当代社会定义为一个群落。这样一种现实原本要求文学以新的方式表现历史与历史跨越、历史性与普遍性、特殊性与一般性之间的关系。但作家和评论却远没有注意到这些，他们梦想着在历史性与普遍性这两个并没有明确关系的术语之间存在某种联系。他们将历史性与普遍性之间的关系同文学的总括性定义联系起来，从而实现自己的梦想。我们只要再想想保障物、权势文学和文学恒常这些概念就会明白。然而，当代性不能再与文化引述混为一谈，后者通过参照旧时的准则想要卷土重来，而我们已经身处现代派的时代之外了。假借给文学的恒常既不意味着规则不变，也不意味着象征不变，因为我们已经无法认清传统的严格界线。剩下的唯有对延续性和文学自动延续性的肯定。这一肯定始自对文学当下性和恒常性的深信不疑。

认定文学的恒常性和当下性这样一种想法相当矛盾：它声称自己是当代的，然而，这种思想却同时可能是对自己的否定。文学被想象成一个总合，即权势的对等物，并且被认作一种保障，与此二者混合在一起的是对文学的当代状况的忽视：作家和评论家们所承认的对现代性的病态渴求等同于对当下性的拒绝。这是对罗兰·巴特所做出的并被反现代派们频繁引用的另一个坦白的继续：“突然，我意识到现代与否与我毫不相干。”通过这种无所谓，罗兰·巴特表达了他面对文学恒常时候的感受。应当指出的是，更确切地说，他面对的是对当代的忽视。

因此，作家们并没有按照它应该的样子对现代做出定义，也就是说，将它看作一种具有确定的历史基础的、未完的、关于人类和社会的规划。因此，他们并没有回答以下问题：我们需要什么样的作家来填补文学的空间？他们也没有让文学成为能够保证当下性和无参照社会的东西。他们将现代看作是能够让作家、文学和记忆带上某种譬喻色彩的东西。他们远没有从包括文学特性在内的当代自身的特性来对当代进行考察，而是不停地认为文学强加了现代的问题，认为要另起炉灶是不可能且自负的——比如让-马利·格列兹。这些均可以概括为两个二元对立。

第一个二元对立：一方面，这样一种文学自认为具有自主性；另一方面，它又根据一种连续的过程来审视自己——对现代的参照可以让它达到一箭双雕的效果。这种双重阅读是帕斯卡·季涅的顽念，如此他便可以让现代与古代并驾齐驱。

第二个二元对立：一方面，当代文学明确声称自己是当下的；另一方面，要实现这一点，惟有承认这样一种要求与50—70年代的文学和所有19世纪以来定义下的革新文学联系在一起——《文学杂志》就曾想让自己成为实现连接当代及其前代的处所。通过这些二元对立，当代文学同时把自己当成了一个关于已预见的未来的游戏和一个重构的（文学）过去的游戏。然而，这样一种眼光既没有对文学与其近往的关系做出准确的解读——甚至毫无迹象表明这样的一种解读是可能或者有用的——又没有对何谓作品的恰当性做出解释。

作家与文学的恒常

由于作家认为文学是自主的，是一种稳定的过程，因此他们知道文学并非其完全保障物；然而，他们可以凭借文学的恒常来表现无论何种个人的、集体的、当下的、或是过去的状况，来虚构一种关于文学和象征或意识形态游戏的定义。这解释了自我虚构的风行——它是一种亘古常青的写作。这解释了文本间游戏——菲利普·索莱尔斯是这方面的大力鼓吹者。这解释了游戏主义——比如让·艾什诺兹。这解释了客观主义刻意的暧昧，不管这种客观主义涉及自传还是社会——比如皮埃尔·贝谷纽，安妮·埃尔诺。这解释了错位文学，意即作品不断地反对自身的描述和论证，于是不断地打开了新定义的可能——比如弗朗索瓦·邦。这解释了诗歌的二律背反——严格遵守格律或散文化。它尤其解释了一直蠢蠢欲动的考古式文学——比如让·鲁欧、帕斯卡·季涅。就这样，作家将写作定义为关于已预见的未来和重构的过去的游戏，并且，在他们给自己和时间塑造的形象当中，没有将自己的作品与时间总和、亲缘所属和主观累积等种种情结分离开来。于是未来仍旧绑缚于过去之上——尽管长久以来一贯便是如此。通过让-米歇尔·莫尔泊瓦的才思泉涌，通过阿兰·韦恩斯坦的词汇游戏和叙事尝试，当代诗歌证实了这些趋势。当代戏剧的一大部分均可被概括成一种说教寓言①。后者不该仅仅被理解成一种论述，而更应当被理解成一种能够构成作品的原始材料。这意味着，无论作品采取怎样的迂回手

① 这是让-皮埃尔·萨拉扎克在《说教寓言或戏剧的童年》（贝瓦尔：Circé出版社 2002 年出版）和《梦境游戏及其他迂回》（贝瓦尔：Circé 出版社 2004 年出版）中提出的观点。

段，它都陷于或显性或隐性的象征性总和游戏当中，即使那些乍一眼看去逃脱了这个游戏的东西也不例外，比如贝纳德-马利・科尔代斯在《罗伯托・祖科》中的那一大段话。总的来说，作家不停地梦想着文学的力量，想要将之变成权势文学，出产着随心所欲地处置一切的作品，如同他对待文学那样将社会表现为一种玩物。因为，怀着对文学恒常的确定无疑，作家总是一副要攫取一切、重新命名一切、重建一切的架势，他们的作品是这种攫取、命名和重建的体现，因而被包括在一个连续的自反当中。后者不像新小说的自反那样适可而止，而是一种泛义的自反。这些作品向来是对它们自身的譬喻（比如游戏主义）、对整个文学的譬喻（比如文本间性）、对作家主体的譬喻（比如自我虚构、客观主义、当代诗歌）、对所有时间的譬喻（比如基础的重新建立）。就这样，作家找到了理由，自视为在自反意义上被解放了，无须将自己的写作与犬儒主义理由的实践和虚假的高明意识[①]划分界线，这样，他们就可以同时进行批判与和解。

评论家们做出了与作家们十分相似的举动，他们满足于根据继承与普遍性、过去与原始的游戏来述说现代。这样做，或为了，依照托马・帕韦尔的观点，表明现当代文学无依无靠的窘境[②]，或为了证明当代文学的有效性。而

---

① 关于犬儒主义论证，参见彼得・斯洛德岱克《关于犬儒主义论证的批评》，巴黎：Christian Bourgois 出版社 1987 年出版。

② 托马・帕韦尔，《紧贴脸颊的面具》，收录于《小说是干什么用的?》，p. 131—136。

这种有效性通过当代诗歌的多样状态体现出来，比如埃曼努埃尔·奥卡尔的散文化写作，詹姆士·萨克雷誓将格律遵守到底的意愿，它也通过虚构的属性体现出来，当然，我们指的是自我虚构和评论，它还通过不可避免的自我剧场（théâtre de soi）游戏和世界剧场（théâtre du monde）游戏体现出来。所以这些，或是为了宣判这种文学的穷途末路——这已是老生常谈了——或是为了将它称作后现代派。后现代这个外来术语在法国作家和评论那里还是个新近才用上的词汇。它揭示了人们懒得对法国当代文学的历史做出真正的思考。在任何一种情况下，我们都会回到关于文学的写作理由和文学阐释的寻常观念上去，即19世纪建立的、又被现代主义改革过了的观念。尽管这个理由和阐释一时可能是正面的，一时又可能是负面的——它可以对当代文学进行辩护，也可以对它进行批评——它们同样都能说明问题：评论无法理解当代文学所能传达出的新意。这个关于现代性的问题说明了，学者评论甚至想要专横地重构近两个世纪以来的思想史和文学史，并提出一种意识形态的观点：真正的现代派曾经是反现代派。这种看法无意中透露出当代文学和评论的气质（ethos）大体上是保守的[①]。还有的人选择了比这更激进的看法：文学的共和国，也就是说，我们的共和国、革命的共和国、那个我们所有的政客都在呼唤到来的共和国，它在几个世纪之前、在革

---

① 这种看法的例子有安托瓦纳·贡巴尼翁《反现代派——从约瑟夫·德·梅斯特到罗兰·巴特》，巴黎：Gallimard出版社2005年出版。

命爆发之前就被建立了[1]。从中我们可以读出这样一种观点：革命并不是建立共和国的唯一途径。

评论明白，在历史性和普遍性之间建立联系只是个梦想，两者之间并不存在公开的关系，因此，归根结底，评论将文学看作了它自身的不变量。假设这样一种不变量的存在不需要他们采用明确的符合典范或有违典范的方法。如今再没有什么能让我们回想起50—70年代的反叛。新，意味着一种明确的断裂，而它再不是辩论的话题了，“文学具有明确的延续性”，这个假命题也不再引起人们的争论。甚至当他们一再重复50—70年代将文学等同于反演说[2]和对意识形态的揭露时，文学评论也将这些重复变成了对文学恒常进行肯定的方式——皮埃尔·阿尔斐利表现出这样一种困惑，他在注意到文学话语的分散和间断的同时仍要想方设法述说文学恒常的这样一种困惑。这就是为什么这几年来评论的、方法论的和理论的一整套机器成为了一种坚不可摧的权威的原因。将文学等同于语言是述说它的恒常的最好方法。认为文本间性是被证实的、重建的，或仅仅与读者的阅读记忆不可分割，这使历史进程能够以可靠而均等的方式或前进或后退。这造就了一种从古代中读出现代或从现代中读出古代的权利，造就了同时述说文学的历史性和某种模糊的共时性的权利。这些只不过是对权势文学观念的一种附和——它肯定了一点，即历史性与普遍

---

① 参见马克·弗马罗里主编的《欧洲文学共和国的最初岁月》，巴黎：Alain Baudry出版社2005年出版。

② ［译注］即对50—70年代意识形态话语的反动。

性之间再不存在一种公开的关系了。

当代文学及其对先锋的误读

作家和评论自说自话地宣称自己是现代的，提出了这样一种对文学的思考，这是因为他们自认为是50—70年代先锋派的不二继承者，因而，也就是现代派的后裔。这样一种攀附以对继承含义的扭曲和僵化为代价。

从70年代开始，作家和评论大力推广了莫里斯·布朗肖的论点①。布朗肖成功地将他对文学的定义扩展到“未来之书”和泛义的文学之上。就这样他将已成的文学、形成中的文学和将形成的文学三者不可分解地注入于一幅既自我反照又与历史性和普遍性游戏相容的单一图画中。在对布朗肖的论点进行推广的同时，作家和评论选择了将文学毫无保留地看作一种恒常，继续将这个论点当作一种典型的现代派论点。他们根据这种推广对前代的文学和法国现代主义先锋派进行重新阅读。于是，他们从文学史和意识形态的角度——当然这并不无道理——看到了一个从存在主义通向新小说，从莫里斯·布朗肖通向新批评或结构主义批评的不易察觉的起承转合。它不易察觉，因为存在主义并不认可莫里斯·布朗肖的看法，而新小说也不认可存在主义所谓的看法，同样，新批评或结构主义批评也不

① 参见弗雷德里克·詹明信《单一的现代性》，伦敦/纽约：Verso出版社2002年出版，p. 186。

认可莫里斯·布朗肖和存在主义的看法——实际上认识到这一起承转合是很久之后的事了。这个从战后到70年代之间不易察觉的变迁和它所附带的那一类观念，其特征是以文学为中心将整个意识形态和政治的状况纳入文学的范畴，并同样以文学为依据，将历史和历史性当作一种普遍性。文学自认为在艺术上和政治上均是妥帖的，而且这种妥帖并没有破坏它和作家的权威。当代作家和评论并没有准确地理解这个变迁，因为文本和能指的概念将这个观念美学化了，打断了50—70年代的作品所具有或体现的那种观念与行为的语义之间的联系。他们就这样找到了理由来继续追随50—70年代作品所构成的榜样和从中得出的文学典范。然而，我们失去了曾几何时构成了文学之妥帖的东西：文学本身曾经是一个计划，一个反社会的计划。典范的构建和妥帖的缺失说明作家和评论家矛盾地、机械地理解了身为继承人的他们所继承的东西。那些作品曾经具有创新意义，而他们认为，创新可以一劳永逸，因此并没有忠实于新事物的传统定义。即便如此，他们仍在这些作品中找到了能够证明自己现代性和创新性的东西。因此，如今他们实际上并没有所声称的那么当代，也并不是那么有创新能力，那么紧随时代运动的脚步，尽管其恋恋不舍的那种50—70年代的文学与时事的紧密联系有理由让他们相信自己在创新、在与时代运动同步前进。对那些年代的文学的追思立足于一种岌岌可危的梦幻之上，它允许作家和评论家们继续做着关于现代性的白日梦。这就是为什么当代文学是一种对前代文学的刻板模仿的原因①。

之所以说做白日梦是因为它的扭曲和僵化。它认为自己的现代属性毋庸置疑，这也是在做白日梦，因为这种观点本身就有悖于现代派意义上的、后又被 50－70 年代所革新的有关现代的定义。欧洲的现代派承认了当下性和当下性所暗示的历史性。因此，在他们那里，现在是一种对未来的不断召唤，同时它又明确地意识到过去的存在。作家和作品根据这一召唤和觉悟进行自我定位。他们同样无法忽视一直以来横亘在作品与历史之间的距离。这就促成了作品的未来空间。50－60 年代保留了这种思路——因此 50－60 年代的作品具有独特的时代印记——并将它明确地带到了写作中去，使那个时代的写作同时是形式主义的又能实现自我目的性，即具有不可传递性。这两方面相辅相成。而在当代作家们声称自己是现代派的时候，他们实际上脱离了这一层联系，尽管其自认为是 50－70 年代的继承人。他们用权势文学的视角取代了形式上的和自我目的性的视角，用现代的视角取代了历史决定论的视角。现代的视角意味着一种文学的延续，一种对过去的依附，并且希望被理解为一种认识当代的表现。它自然就排除了未来存在的可能——这里需要重复一下对莫里斯·布朗肖论点的推广。而且，这样的视角无法对当代性作出担保。当代社会是一个无参照社会，并不是因为它将自己——就像人们所作的

---

① 这种观点的例子有多米尼克·维亚与布鲁诺·维尔西所著的《当下的法国文学——继承、现代和演变》，巴黎：Bordas 出版社 2005 年出版。

那样——等同于现代社会，而是因为——就像我们注意到的——那些允许我们对历史、未来及其所暗示的群落进行思考的条件再不能清晰地得到展现：但这并不意味着它没有历史，没有未来，或不构成群落。

因此，现代派文学和 50—70 年代的文学均不能作为当代文学的担保，即便文学恒常这一假命题也不胜此任——因为这一假命题是矛盾的。于是，我们在言说当代文学无归属的病症时实际上要说的是当今作家和评论家们与现代性之间存在的问题，也就是说，与当代、与我们根据从前的有关历史和行动的概念来对当代进行思考的方式之间存在着问题①。因此，他们不再拥有那种必要的距离，来让他们对过去的实践进行批评性的认可，并避免落入他们如今所自诩的境况。也就是说，在文学的空间里，他们似乎是缺席的，但他们又屈从于文学的盛况——这里需要重提一下对大作家的追思。在一个文学不再是作品的保障的时代里，作家继续将文学想象成一种担保，这只是一种用来为他自己的权威寻找理由的方式——这是一种他独有的权威，尤其因为它没有得到保障。

---

① 米歇尔·克莱彪《文字的迷惑》，巴黎：Grasset 出版社 1999 年出版。

当代文学与时间、现实和主体问题

作家们篡改着作为继承人的他们所继承的遗产内容，梦想着在50—70年代的文学那里找到现代和保障，但他们从中得出的远非自己的历史考据，他们远没有找到进行自己文学事业的明确手段，而是卷入了对主体和现实充满了矛盾的准确再现——这证实了他们与现代性之间存在的问题。这一二元性在作家及其作品的权威内部构成了一个关于时间的问题，这个问题又与关于主体的问题分不开。如果根据一种假想的关系，过去的文学与过去本身等同，那它就提出了此种想象当中时间的协调性是否有效及用来述说这一和谐的话语的地位问题。这一二元性还引出了作品与现实之间关系问题：既然作家认为他拥有自主的权利，并通过文学给出的例子认可了作品的自主权利，他便随心所欲地、随他的作品所欲地处置任何事物。但在实现了自己的权威和作品的权威的同时，他还应该，为了让这些权威看起来完满无缺，让它们为现实所承认。

这两个问题解释了当代作家和他们的作品所特有的悖论。一方面，通过自反、譬喻和记忆的游戏，通过作品特有的现实主义的途径，作家们既承认了他们的病态和低等状态，又保卫了他们的权威和权力。在对小说遗产示忠的同时，他们想要写出一种享有例外地位的文学——这种文学随心所欲地决定什么应该被说，因此也便决定了什么不应该被说。另一方面，这同一个游戏，由于它是非结论性的，或者说由于它是完全常规性的，就造成了，作为这个游戏应用对象的作品既不能成为它们自己的见证，又不能肯定地说出它们自己的参照物。于是，我们意外地发现当代文学是一种拟态。它最终无法为它自身建构参照，也不会构成它自己的参照；它恰如其分地体现了当代社会的面貌。当代文学中承认权势文学并暗自用整体观点看待自己和社会的那一部分文学可以看作是这类拟态的体现。

与主体问题密不可分的关于时间的问题

对这种文学来说，为故去的作家作肖像画，以此展现当代作家对前辈的依恋，是一种述说他们自己的首要方式，也是一种按照自反、譬喻和记忆的游戏进行自我建构的首要方式。这其中包含了对作家的权威和作家转借给作品的功能进行肯定的方式，令作品永远随心所欲地对历史和作为保障物的文学做出定义。我们可以用这种眼光来阅读以下作品：贝尔纳-亨利·莱维的《波德莱尔最后的日子》、米歇尔·施奈德的《波德莱尔，深沉的岁月》、迪迪耶·布隆德的《浮光掠影波德莱尔》、阿兰·勃莱的《兰波在阿比西尼》、多米尼克·诺盖的《兰波三种》，还有皮埃尔·米匈的《兰波之为人之子》。类似的例子还可以举出很多。在这些作家（或广义地说，艺术家）的肖像画当中，对形式的逾越以及对实物和虚构之间、他者命名和自我命名之间的模糊不清所达成的话语共识的逾越都显得不重要了。专注于这样一种重要性只会落入60年代的文学游戏当中去。当然，这些游戏仍在继续着，并且抱着一种特别的目的。为大作家作肖像画的行为与当代作家的病态不无关系。由于无法拥有一种完满的文学归属感，当代作家便以那个曾经完全归属于文学的作家为参照来进行自我定位。这样做，他就获得了一幅一厢情愿的文学图像，不可避免地落入了一个不完全的命名游戏：既是单方面的，它便不可能完全。从此，实物和虚构的模棱两可成为了某种方式，用来说明对文学的代表者和代表的命名从未完成过——原始森林仍旧是原始森林。实物和虚构的模棱两可不可避免地指出，原始森林让每个人都止步于自家的门槛之内。部分地臆造一个过去的大作家，再将他部分地与今天的作家进行混合，这是一个明显的卡夫卡式的举动：对过去的人物及其生平细节进行变动，而实际上却并没有改变，对这些人物进行命名而实际上让他们处于听候命名的等待当中。如果说当代作家承认自己介入了这些人物形象，那么这番坦白只不过更加突出了这个命名游戏的不完全。这是一种试图对保障物的涵义进行说明的举动——一种“单人”的说明举动。它任由保障物成为了某种不可命名物。

这当中还有一种帕斯卡·季涅意义上的意象（imago）实践：再现就是对被再现物的守丧。通过意象，我们将原始森林的形象置换到了一个关于时间的游戏当中。但如果我们接受帕斯卡·季涅的说法，意象是一种将死物活现手法（prosopopée）。他总结道：当我们建立起文学即万无一失的保障这样一个观念时，当代文学便不可避免地变成了过去文学的一种准活现；然而，我们无法忽视所有活现手法所携带的事实：死者的话语是空泛的，因此它不可能成为过去的当前化产物；结果就是，这种话语成为了它自身的失败。这一失败与权势文学的矛盾分不开，这些作家的肖像画正是重新引用了权势文学的形象。这些肖像画指明了过去的、因而也是文学的未完成；它们暗指当代文学可以是一个未完成的计划，但需要补充的是，它们得出这个未完成计划的说法所根据的是一个完结了的和已成为过去的基础，即那些与当代作家及其门槛概念的病态有着千丝万缕联系的文学与艺术形象。这个计划当中唯一未尽的是上文已经提到过的那些模棱两可的继续。它让权势文学得以继续存在，而正是后者滋养了那些让我们挂在嘴边上的作家们。这样的文学（或艺术的）肖像画是新闻体评论所体现的继承和创新游戏的对等物。它显示：能与创新所蕴含的未来相对应的时间的一致性仍然被排除在外。只有对过去的援引自我强加着，让文学陷入了对自己的陌生，让作家面对着一个没有未来的现在，因为过去被遗弃在对它自己的陌生当中了。

从肖像画的失败当中，作家认识到他既不能自我认识也不能自我命名——如果他仍在这么做，那只是愈加说明了他无法摆脱对自己的无知，说明他处在一种彻底的戏剧性状态当中。于是，这样一种对文学过去的援引不可避免地伴随着作家自我话语的种种变体。在60年代，反主体化情结及其所引起的话语方式上的精心算计造成了自相矛盾的自我话语，即事实与主体、主观性及话语的分离。这种分离在当代文学中继续存在着。它并非如我们想当然的是反主体化的结果，也不是写作上精心算计的结果，而是对自我的无知所引起的，这种无知又与主体的某种自我强调不可分割。主体是它自身的反映、譬喻和记忆，在这样一种包裹之下，它也是自身的失败。它在自己面前表现出一副至上的主体模样，只有通过这场失败的语言练习，即自我话语的失败，才能在这个世界上找到立足之地。作家可以在真实与谎言的模棱两可当中、在自我话语和虚构的编织当中无止尽地纠缠下去，承认自己冒名顶替的行径，宣称我们可以寄希望于语言。事实上，这些只不过是同一种描述：即对回归时刻，回归到个人的过去的时候所感受到的震惊的描述。当我们意识到，述说公众的过去和大作家的过去是一种活现手法，这无疑引起了震惊。这样的主体话语的例子举不胜举。先有罗伯-格里耶，从刻意的无人称转变为自我的传奇，后又有安妮·埃尔诺和她的家族故事，勒克莱齐奥和他追寻的父亲形象，还有皮埃尔·贝谷纽，还有雅克·勃莱尔……

就这样，重提 60 年代的非主体化和精心算计以另一种方式证明了当代文学使用着某种文学典范，也证实了主体最终将以他看待和书写文学的方式来看待自己和书写自己：同时把自己当作了原始森林和那个停留在原始森林的边界上、停留在自我的边界上的人。由此，他承认并揭示了自己想要稳固地立足于时间当中的企图遭遇了失败，同时又用写作来为这种暧昧不清进行辩护：尽管他认识到他的生命并没有确定的参照，却将这种模棱两可当成了能力的标志，不过也正因为认识到了这一点，他才做出这番举动。作家不知晓我们需要哪些作家来填补文学的空间，同样，他不晓得我们需要何样的主体来补充当代的社会时空，也不晓得他应当成为怎样的主体来填补他自己的时间和空间。主体的自反、譬喻和记忆在实践中透露出一种自我孤立，这种孤立与活现手法的失败分不开。当代作家的主体只不过是一个无法正确认识自己的灾难性的主体。然而，它不能正确认识自己的这一事实却并不能阻止当代文学的卫道士们说出“当代文学的真实性就体现在此”这样的话。他们并不确切地知道真实这个词意味着什么，这只是一种用来为主体话语辩护的手段，而与话语本身是什么无关。但是，我们自然知道，对于真实性的断然肯定和对主体的极不确定是相当碍事的，因为它们揭示了被主体的自反、譬喻和记忆在当代的实践所指示或忽略的东西：主体被削减到成为它自己的展示以及这种展示的终极目的，即填补已经失去参照物的时间与空间。凯特琳·米叶的《凯特琳·M的性生活》之所以获得成功并造成丑闻并不仅仅在于作品中对私生活的袒露，而更在于这些袒露的真实性和它用来说出以下这点的方式：如果主体是不确定的，至少他还可以展示自我，即自己的躯体，展示那些填补了时间和空间的躯体。妨碍和丑闻由真实所展示的内容引起：主体沦为了他自己的事件，这确确实实是创伤性的。对艳遇的重复描述并没有抚平创伤，而是对它的一种证实。

自我话语的真实性是不确定的，因为它并不等同于对主体终极地位的承认。所谓终极地位即指主体不再被它的参照物所保证，它只是自身的事件。这样一种承认的缺失原因在于，作家在实践自己权威的时候，在这个主体的自反、譬喻和记忆的游戏当中，继续肯定着自己和作品的权利，在形式上维持着它们的权力。这样一种肯定和维持既是一种抽离又是一种戏剧性，说明了我们追随着自我话语的所有种种变体。然而，时间与主体问题的继续存在却告诉我们：对作家和作品的这种权利的肯定及在形式上对它们权力的维持阻碍了作家及其作品对时代的新事物做出回应。我们试图，通过构建文学帝国的方式，继续将个人向着时间与空间的整体形象靠拢，而这些形象实际上已经不再可用了。在此需要重提一下过去的作家画肖像的失败举动。即使当我们从动物性的角度来表现终极主体时，如玛丽·达里厄塞克的《母猪女郎》，这当中包含的寓言使得作家和文学的权力完好无损。在这种情况下，作家和作品的权力尤其通过泛神论得到表现。与创伤相对应的是从动物性的角度对主体进行的再现，而泛神论是对这一创伤进行回避的方式[①]。

① ［译注］泛神论主张神不存在于自然之外，自然便是神的体现。根据这种理论，动物与人便可视为同一。达里厄塞克的《母猪女郎》里妙龄女子异化成猪，这可能被认为是对人性的贬低，但根据泛神论的理论，这种处理恰恰成为了对主体的肯定。

与主体问题尤为密不可分的关于现实的问题

当然，以玛丽·达里厄塞克的《母猪女郎》为例，作家所参与的这个关于过去作家的形象，关于他自己的形象和关于作品所构成的权力的形象的游戏，应当被读者接受了。关于主体的自反、譬喻和记忆的练习被混同于一种单一的策略。作家只有将作品当作已知事物之恒常和亲身经历之不稳定的见证，让读者认为他是此二元性的领悟者，才能更好地让自己的作品和作品的权力得到认同——确切地讲，是让它，因而即让作家，随心所欲地将主体和时间总合起来。已知事物的恒定是可读性的保证。亲身经历的不稳定是展示现实与主体多样性也就是它们的创新性手段。已知事物的恒定被混同于那些我们为之作肖像画的过往作家，被混同于主体进行回忆的时候所采用的范式——自我意识、亲缘承袭等。亲身经历的不稳定被混同于回忆和私生活的杂碎，混同于各种被允许的编造和虚构。作品及其再现的游戏得到了清晰的体现，正是这造成了帕特里克·莫迪亚诺小说中自我虚构的二元性及源源不绝。因此，根据恒常与变量的反差，这个游戏清晰可见。

在现代派文学中，在50—70年代的文学中，这种反差是对再现和作品的可读性提出怀疑的手段，而在当代文学中，它被用来指明作品的自主权——反差即由此而生——被用来化解参照与幌子的对立，将作品当作一种对现实的占有——然而，这些体现了现实的不可削减性的变量却与已知事物的恒定分不开，因而也与它被占有的可能性分不开。这一点尤其在简约派文学那里得到了体现。再没有比当代文学更加非解构主义的了，尽管它使用的是解构主义文学的手法。它所选择的可读性因而带有特殊意味。

诚然，关于主体的自反、譬喻和记忆的练习和它们的表现游戏具有某种干扰性——这种干扰为所有主体话语、自我虚构、现实的再现、再现的保障及其他模棱两可的东西找到了理由。但读者一直被暗示他有可能观察到并相信，作品让读者所承认的“模型”（pattern）与作品的存在属性①和它的客体相对应。正是这一点说明了当代作家们毫不怀疑文学作品与传记之间关系的确凿，不管这种联系有多么奇怪，也不管这种联系是否会造成对已知事物和现实确定性的编造和位移。也正是这一点说明了，尽管今天没有人质疑文学当中现实主义的意图和话语的含混不清，我们仍然认为可以找到一种方法来认清并克服这些含混不清。我们认为，现实主义的再现是与一部作品及从中得到再现的主体相关。但这并不是为了说明这样一种现实主义是相对的或专横的。我们根据适才定义下的“模型”游戏来看待现实主义的再现，可以对现实主义的目标物和作品所暗示的实际存在不加以区分。这样就允许读者进行一种既对作品有效又对现实有效的阅读。

再现的这样一种策略从原则上构成了现实问题显见的三重转变，就如这个问题在50—70年代的文学那里曾经历

---

① ［译注］作品中的描绘是与现实中的某物相对应的，即作品的能指特性。

过的那样。它允许我们在顺应主体意愿的同时与现实达成一致，而不用理会这个现实究竟如何，不管作品是以怎样的眼光看待现实。

第一重转变：在曾经的那些年代，与这个关于现实的问题不可分的是将现实主义等同于参照游戏或幌子游戏时所表现出的犹豫——这就是新小说派客体主义的暧昧。当代文学却处于这样一种犹豫之外：因为它承认了已知事物和存在的变量所暗示的认知游戏和主体权力，它可以对参照进行描述。

第二重转变：这种犹豫在60—70年代造成了评论的暧昧。那时候我们可以从准许了这种犹豫的再现中获得一种积极的阅读，因为犹豫允许对写作进行定义。这种阅读也可以是消极的或批评的，因为犹豫让我们想起了文学的非象征化游戏或是将文学作为商品符号归并于政治经济学。当代文学看不到这样一种犹豫的必要，它用对以下两者的认可代替了：一是在作品所认为客观确凿的现实，另一个是作品本身。现实和作品被认为可以鉴别，条件是它们都被当作它们本身来看待，换句话说，它们看起来应当是“真实”的。作品根据“模型”来表述对现实的承认，而这一点又使对作品的承认成为了可能。

第三重转变：不管在60—70年代我们对文学的再现做出了何种阐释，那时我们或将权力授予了文学——它是写作行为的结晶，有能力做出一种批评性的再现——，或将它授予了能够揭露文学再现、社会再现的谎言和人类施动者谎言的作家。作家和评论曾提出要摧毁再现并对他们自己的身份进行肯定。这就产生了一个矛盾。对身份的肯定同时意味着主体、社会、现实和文学的坚不可摧；而评论的观点却最大限度地暗示着它的反面，肯定地指出了社会、现实再现和文学的脆弱，并以略微不确定的方式指出了主体的脆弱。这一矛盾实际上是权力和文学曾自认为的例外地位之间的矛盾，文学的例外地位曾迫使现实和主体的再现表现出含糊不清。主体再现的含糊不清曾通过贱斥文学①或是创伤性的先现实主义（hyperréalisme）② 文学或电影表现出来，前者的例子有皮埃尔·吉约达，后者的代表则有罗伯-格里耶。这两类文学以清晰的方式同时展示了主体的抽离和激扬，因为缺席也可以代表一种权威。从原则上说，在当代文学中，再现被排除在这样一种辩论之外，因为按照“模型”，它所蕴含的只是一个存在和认知的主体——作者，再现的主体，还有读者。

然而，当代文学看待再现的方式却具有一个明显的悖论，这个悖论阻碍了再现的有效性和可读性游戏的有效性。一方面，关于主体的自反、譬喻和记忆的作品，关于它们的表现的作品，以及现实主义风格的再现式的作品证实了一种关于文学的常规看法和实践。另一方面，所有这些作

---

① ［译注］语出自朱利娅·克里斯蒂娃《恐怖的权力：论贱斥》一书，指为传统社会道德不容而受到排斥的文学作品。“贱斥”与下文中的“下流”实为同一法语 abjection，考虑到行文与理解，译者作不同译。

② ［译注］Hyperréalisme，又称超写实主义或高度写实主义，是 20 世纪产生于美国的一个艺术流派，追求极度写实的表现手法，其风格类似高分辨率的照片。超写实主义可以看作是照相写实主义（Photoréalisme）的发展。自 2000 年代早期以来，该术语在美国和欧洲作为一个独立的艺术运动和艺术风格发展起来。

品都指出了客体及其处境的特殊性即通常意义上生活和经历的特殊性。对文字的常规看法和常规文学实践反映在我们看待文学时所用的整体视角上，这样的眼光允许我们将事实上自相矛盾的种种观点看作是妥帖的：文学可以同时述说新事物并集结不同的时间；它可以随意具有一种货真价实的现实主义。在主体文学当中，作品客体的特殊性及其处境的特殊性通过传记写作得到了代表性的体现，在现实主义再现性文学中，这种特殊性则体现在现实本身。从中我们得出结论：作品既想成为客体的掌控者，又想要被认可，它自身的常规及其客体的特殊构成了一对二元对立。归根结底，这实际上体现了一个关于现实的问题，它就像关于时间的问题那样不可抹杀。再现是常规的、直观的，它并不提供，甚至不暗示任何框架来证明它相对客观世界的存在合理性——在这里我们只需要重复一下它的可读性。整体性文学的观点和实践对完全逃离了整体性视角的东西，确切地说即特殊性来说，注定是不恰当的。这就自相矛盾地造成了作品在象征上的缩减；它的权力和权威被削减了。

尽管当代文学的一部分对60—70年代遗留下来的再现游戏的转变有着充分的认识，它仍然被这个悖论束缚住了。让-菲利普·图森和菲利普·德莱尔姆表现出来的极简主义是一种关于客体性的游戏——需要明白的是，这个游戏要弄的是再现是否客观以及它之所以能客观的条件——是一种承认现实的方式和对上文谈到的现实可辨性的解释。每一次，它都需要在身体和感知层面上进行再现，并在此层面上再稍作改变。坐在浴缸里的叙述人对浴缸和浴室所作的介绍便是如此（让-菲利普·图森的《浴室》）。极简主义的意义被混同于根据细节和感知的差异对客体进行再现。这充分体现了对个体场景的定量和变量的使用，尽管它同时意味着使用陈词滥调并对使用何种眼光来看待的权力进行肯定。这就要求树立最小化行为的权威，令它造就了作品的文字主义并同时说出了主体的权力和现实的权力——主体和现实因这个权威而相互变得协调了。此中体现了文字主义的悖论，即这种双重权力与具有自反性的主体和现实的特殊性之间的对立分不开。然而，这一悖论却被忽视了，因为文字主义被用来传达另一个更加古老的悖论，即现实主义和虚假的悖论①，被用来展现一个未成熟然而却坚固的社会，它坚固得就如同身体，那个成为了用来衡量的标尺一样。这让极简主义暗示下的自反性现实主义走入了死胡同。这种现实主义的死路甚至在极简主义之外体现出来，就如弗朗索瓦·邦的作品所显示的那样：他们的现实主义自称是客观和批判的，却进一步肯定了主体和作家的权威。从此，现实到底是什么样子不重要了，这个现实所引起的精神创伤也不再重要了。永远存在的是自反游戏的手法和作家的从容淡定。即便我们采取一种批判的眼光审视自己，即便我们对时代的意识形态特征进行描画，确切地说，通过灵活运用场景的已知和特殊及作家的独特性进行描画，我们还是将这种特殊性和独特性变成了批判的

① ［译者］现实主义声称如实再现了现实，而实际上它的再现是虚假的，不能与现实等同。

标尺和理由——比如奥利维耶·罗林的小说。与作家和主体的坚不可摧相对应的是一个为我们所接受的世界。述说身体，即便竭尽种种下流之能事，也不过是追随同一种自反运动和追随我们假借给主体和世界的一种确定方式。阿梅丽·诺冬（《杀手保健》）和维吉妮·德彭特（《操我》和《学究母狗》）让身体成为了对下流的种种变体进行测量的标尺。我们给主体塑造了一种低等的、下流的形象——这是作家给自己塑造的低等形象的对等物；然而我们却仍然赋予主体一种权威，用来为所有的现实主义辩护。我们拒绝接受这个游戏所意味的事实：在我们的社会当中，我们不知道需要什么样的个体来填补社会的空间。

当代文学的绝大部分重新运用或改变了 60—70 年代的关于再现的文学游戏，并最终将它们以较低的、缓和的模式表现出来——现实所能带来的创伤都属于过去。因为它拒绝认真地考虑现实的特殊性并明确地指出当代社会失去了时间定位，不知道何种现实可以成为行为的产生机遇。当代文学仍然保存着一种意识形态的幻想，认为时间是一致的，现实是一致的。这是以下反复的另一种形式：对现实的创伤及其引起的问题进行一种近乎考古的历史追忆。这就解释了大战小说（让·鲁欧的《荣誉场》）和历史小说热潮的产生。在这里，创伤完全是过去造成的：它无法让我们注意到社会当中时间定位的缺失。

这些主体的再现和现实的再现所体现的模棱两可和自相矛盾最终可以表述如下：这种几乎构成了全部当今文学的文学，被放置在一种整体性的眼光下看待，这就必然要求对作品的认可；然而作品却不能得到完全的认可，因为再现的游戏使得它要么特别看重表现主体，要么特别看重表现客体——这一点通过给过去的作家作肖像画的传统在当代的传承和极简主义得到了完美的体现。主体和现实被看作已知且可被再现。然而，作品被视作是主体或客体的显现，这却不能保证自我话语的游戏，也不能保证客观性或是现实主义，而是迫使我们对这一显现的有效性提出疑问。所有这些都与文字主义相关，它竭尽所能诉说着过去的权势和现实的权势。就如极简主义显示的那样，文字主义尽管注重文字和阅读的地位，但说到底它只是它自己的文字，因而只是它自己的问题，只是客体和客观性的问题。

这些模棱两可说明当代文学并没有将重复60—70年代先锋派的文学意识形态与忠于另一种文学意识形态即解构的文学意识形态区分开来。解构主义的信条“语言的所指除了它自己别无他物”与以下观点不可分割：既然再没有什么赖以存在的基础，语言就可以取代基础的位置。文学作品由语言构成，因而它是一个关于基础缺失的游戏，也是基础的取代物。这就体现了绝大部分当代作品所带有的一个官能性悖论，即便极简主义也不例外。这个悖论成就了当代文学的重要性并赋予它完满的权威。它使得一种暗示自身有效性的历史性眼光和再现模式大行其道。它让当代文学成为了一种万能的灵媒：当代文学说出了文学的储备、现实的储备；它的书写并不一定需要受到外在的特殊限制进行书写。50—70年代先锋派的文学意识形态和解构主义的文学意识形态的联盟可以让这种文学完全表现出一幅当下的面貌，让它成为一种对历史的回应，也让它只有在把自己当作所有情境的阐释者的情况下才能拥有这样的当下性并做出这样一种回应。根据作家及其作品的权威，根据那个因而具有自己的时间定位、自己的现实所指和自己的主体具象的人，这种阐释者的身份证明了对历史性、现实、主体及其群落进行再现的合法性。这些定位、所指和具象可能与所有其他的定位（或定位缺失）、所指（或所指缺失）、具象（或具象缺失）都对立相反。

但就像文学妄图通过这个关于基础的游戏变得万能一样，这个游戏也想通过作家的决定、通过作品构成的阐释变得无所不能；它带有某种撇不开的独特性。这种文学既不能确保它自己的合法性和有效性，又不能真正地对那些在它自己的时间定位、主体具象和现实所指之外的东西负责。它对那些能够准许它自己的主体再现游戏、时间游戏和现实再现游戏的东西也无法做出担保，比如：群落在时间中的形成和对现实的一致认可。因此，它就无法保证它自己的当下性。在将生物主体——即实体主体——和感知主体用来描绘时间的社会一致性和对现实看法的一致这样一幅图画的时候，绝大部分当代文学无疑流露出了 50—70 年代的文学、文学思想以及解构主义所具有的象征的和意识形态批判的隐晦。另外，当代文学还给了自己一顿教训。作家失去了效力，他通过自己的权威和他赋予文学的例外地位从而解除了整体群落的思想，即各种特殊性是可以共存的这样一种思想。同样变得无效的还有他传承自 50—70 年代的典范性的文学观点和由这种观点得出的思想，这种思想让我们想象着文学的宏图，让社会想象着自己是一个社会，或让我们想象着社会不是一个社会——从而进一步证实了作品的权威地位。

无参照社会的文学：终极人，现代性的尴尬和对权势文学的超越

当代文学中有相当一部分略过了大文豪与当代作家之间的对立、作家本身的定义，抛弃了整体性观点、传统和新意的争论以及文学和现实的权势。它不去试图重建时间的一致，不去将对现实的重现当作现实可被主体掌握的证据，而是勾画了一个没有空间或时间上的他处、不在主体掌控之内的世界。他处的缺失通过日常的精确，通过时代的远离，通过某种历史的尽头，通过为作家所实现的一切语言的悖论表现出来。这种缺失尤其在安托瓦纳·弗洛丁的小说中得到了刻画（《小天使》，1999），它拒绝了所有相对过去和现在而言的未来的等待、所有对过去的依恋和所有文学的自我目的性游戏及对它们形象的勾画。然而，它却并不回避过去的概念或未来的概念。所有忽视了这些情况的阅读都只看到了当代文学中未来的缺失和被抹煞，低声下气地重复着据说只有根据权势文学才能理解的文学的意识形态。因此它是这样一种文学，它拒绝将再现作为衡量现实的尺度，拒绝将作品等同于普遍的特殊物，禁止将作家主体当成所有主体的尺度。我们已经处在二十五年来大部分文学的遗产和所带有的矛盾之外了。

在遗产和矛盾之外，这种文学对绝大部分当代文学所构建的再现特别进行了革新。

时间和历史性的再现：时间和历史性并不是相对历史、过去或亲缘关系而言，而是指在时间中描画出的新起点。时间的新开端的概念意味着时间定位的缺失，并且对它做出回应。

现实的再现：与主体的譬喻和自反游戏及极简主义不同，现实的再现并不意味着主体和现实的一致，而是将现实看作可能性的缩减。因此，它证实了一种对权势文学和权势现实的拒绝。集体行为的施动对象，即客体不再是可被鉴定的了，在这种条件下，现实可以被看作是条件允许之下的缩减，并且是对以上这种状况的回应。

主体的再现：主体与别的主体的分离不是由于对他自己的譬喻或自反，而是由于各个主体之间相互陌生，由于相对于其他身份而言他自己的身份勾画了一个开端——这矛盾地指出了文化身份的群落是一个陌生人的群落。主体之间的相互陌生传达出群落存在的不确定以及对这一不确定的回应。

由于处于那些以权势文学为中心的作品所带有的矛盾之外，这种文学并不否定当下、历史和未来。它似乎注意到了一个无参照社会的存在，这个社会再也无法理解自己。

作为对这一观察结果的回应，它指出了时间定位的条件，指出了概括现实特征的条件，这一概括使行动成为可能，也为群落的定义找到了范例。它具有一个显著的功能：根据一个可以被等同于外延缺失的背景，一个扩大了的、想象的或现实的、历史的、语言的背景，根据一个新颖的、有别于以权势文学为中心的作品所具有的自反游戏，成为这个社会的象征。

在这种不再以权势文学为中心的文学当中，构成它的第一部分的是那些我们平常并不会将它们联系在一起的作品：侦探小说和科幻小说，以及当代的历史创伤文学——“大劫难”、殖民和反殖民文学。它的特征在某些作品中得到了体现，比如米歇尔·维勒贝克的作品，这些作品采取了这几类文学的观点并直接将这些观点与现代的困扰联系起来。后继的先锋派写作可以看作是这种文学的第二部分。

侦探小说和科幻小说，以及当代的历史创伤小说（“大劫难”、殖民和反殖民）回答了关于时间的问题——既然我们可以说某一个时间创建了我们的历史，那我们也可以想象一个并不属于我们的历史维度的时间——也回答了关于现实的问题——现实呼唤我们的注意并要求我们做出推论，这样它就创造出一种不带任何谎言又扩大了现实背景的再现。这几类文学致力于描绘一幅无参照社会和终极人的图像，无参照社会是一种在人类学定义之外的社会，一种否定了人的社会，而终极主体是经历了杀戮、成为否定的对象之后的主体。这一切构成了一种特殊的自反游戏：这种无参照的形象被包括在背景的扩大游戏当中。这几类文学通过某些作品得到了补充，比如米歇尔·维勒贝克的作品，尽管它们并不一定采纳这几类文学的主题，有时甚至违背了这些主题。一方面，随着一种对外的眼光，一种面向其他时间、动机和原因的眼光，一种描绘了历史开端的眼光的产生，背景的扩大随之而来；另一方面，对另一种眼光和另一种历史开端必要性的说明是从对社会的内在审视出发的。那种通过对50—70年代作品的认可来建立自己的文学准则的文学建立在和解的基础之上，即便批评的眼光也不例外。与此不同的是，当代文学的这一部分带来了一种严肃性：文学重新成为一桩严肃的事情。那种被当作先锋派的延续的文学，比如瓦莱尔·诺瓦里纳和埃里克·舍维拉尔，似乎仍在玩着60—70年代的文字游戏。这其实是一种将作品的语言现实当作用来指示被扩大了的背景的极端方式，作品根据所有的语言表达和所有语言表达能再现或传达的东西来表现这个被扩大了的背景。这也是一种摹拟无参照社会的极端方式。

值得注意的是，有一种文学样式，即诗歌，除去少数的例外，比如瓦莱尔·诺瓦里纳，忽视了这种新的诗学，承认自己仍念念不忘现代主义的实现和60—70年代现代主义的复辟，因此也就是说，它同时依附于浪漫主义抒情诗和文学绝对性的假设，当代诗歌的所有诗学都是它们的囚徒。

无参照的社会和文学——侦探小说、科幻小说、“大劫难”文学和殖民文学

与当代文学总体上不同，与仍在延续的60—70年代的创新逻辑不同，侦探小说和科幻小说表明，早在19世纪，文学就已经建立了能解除文学权威和作家权威的诗学和作品种类。它们超越了关于再现的惯常讨论，认为作品既不需要描绘与世界的协调也不需要描绘与世界的不协调，不需要将作品当作关于这种协调本身的提问。我们应当这样来理解由人的视野的扩张而引起的可读背景的扩大。

侦探小说：侦探小说本该没有模棱两可，因为它在故事中交代了犯罪的证据。但这很容易就被否定了：侦探故事叙述了事件的真相和施动者责任的真相，但同时被讲述的还有别的东西，比如说动机、施动者作案过程中的犹豫等等。因此，侦探小说带有它自身故事展开的背景，从背景中它得出了种种证据。它从中得出证据即意味着这个背景比单纯给出证据的那个背景要更广大，这是一个一旦情节发展的谜团被解开后所有问题所处的那个背景。我们就这样得出了侦探小说的构造悖论：它给出情节和情节发展的结局，并不是为了情节和结局本身，而是将它们作为背景及其问题的再现，这些东西在推论结束、谜团解开后仍

然存在。因此，它是背景的至少双重性的意义的展现。违规，即谋杀事件，并非是被表现世界的特性，也没有资格代表这个世界。再进一步说，也就是：从内部来考虑，我们可以视某人为某些行为的负责人；相反，当我们将人物看作世界的一部分来考虑的时候，与这些人物有关的一切似乎均与环境搅和在一起。这就表示了文学的阐释学的终结，文学的阐释学由主体的自反和譬喻游戏以及已知事物和存在背景的变量之间不可分割的关系构成。同样，很明显，对施动者的最小化再现——面对公众眼光，凶手首先是匿名的——说明现实不能再以可靠的方式得到表现，因为现实蕴含着背景和动机的无限可能。它无需某一特别参照物就可以得到表现，因为它的可参照物有许许多多。这还说明了，参照物的缺失或过剩并不排除对人的动机，或者说对主体的背景进行再现，也不排除在自我意识、特别的记忆或特殊的历史之外对它们进行处置，即便它被看作一段特殊的历史。整个关于现实的问题与社会的不确定性联系在一起。侦探小说扩大了的背景即意味着这种不确定。这就说明侦探小说实际上变成了一种国际小说，一种国际主义小说，让-帕特里克·曼切特的《王族公主》、蒂埃里·戎盖的《喜剧》和以莫里斯·G·丹特克的《恶之根》为代表的连环杀手小说均体现了这一点，它们将现实等同于大千世界。侦探小说的二元性是彻底功能性的。通过探案的终了，它展示了对现实中各种可能性的缩减；通过探案所暗示的背景的扩大，它体现了这种缩减所展开的各种可能性。

科幻小说：时间的问题在科幻小说当中尤其突出，它明确地告诉我们，历史并不一定会造成当下社会形象的形成。然而，这类叙述却排斥对历史性的抑制，当代文学的继承、自反游戏和记忆情结以及始自50—70年代的文学典范均意味着这样一种历史性。它通过彻底断绝历史的连续性而获得了这种历史性。它所说的既不属于现在，又不属于过去或将来，因为它述说着一个在人类的时间和历史概念之外的遥远的未来。因此，它并不是连续的人类学叙述——施动者不再是人类或不完全是人类；它无须对世界作任何再现或复制。在它的世界里，它保留了对时间的常规再现；它禁止对时间施以前进之外的目的性。需要明白的是，我们可以想象或再现出与我们自身的时间经验无关的时间或时间性。科幻小说中的世界看起来似乎在我们的构想力之外，尽管它被小说家、被人类编造出来，而且它并不排除可为我们所辨认的形象。以上各点均在让-克洛德·邓亚克的《死星》中得到了体现。这意味着科幻小说通常与经验不可分割，这个经验概念废除了“未经验”概念，让对时间和历史的再现脱离了一切人类学和社会的限制。也就是说，拒绝对历史性的抑制意味着我们的社会只能被形容为“异形①”的世界，我们须承认它没有参照。未来世界可以是对这样一个世界的再现，就如让-皮埃尔·安德冯在《白鼬的工作》里所做的那样。这也就是说：我们的未来和社会必定处在我们自己的时间和地点之外；它在一

---

① ［译注］即美国科幻片《异形》。

个被扩大的背景之下供人阅读。这个背景构成了一个自反游戏，未来社会既是缺席的又是不可回避的，这一点菲利普·库瓦尔早在60年代就在《棉花堡垒》中做了概括，而让-皮埃尔·安德冯是这么说的：

> 他的世界位于时间汪洋的最深处，他的复制品的世界位于它的上一层。就这样，他的旧世界逐渐与现实失去了联系；一切就像被橡皮擦过后逐一消失。他走在一处正分崩离析的空间内。也许有一天用不着布莱斯死去他就会倒地而亡①。

侦探小说和科幻小说是当下的，这是因为它们提供了一个关于再现的游戏，这个游戏又产生了关于当代社会、关于无社会的社会、关于一个由于无法获得新的疆土而无法预设将来的社会的游戏。这个自反游戏并不意味着文学的终结，也不意味着在全球化世界里社会的边界的不确定，或是说，它只能被用来为主体的自反、譬喻和记忆等实践找到理由。相反，侦探小说和科幻小说中被扩大的自反游戏描绘了由迥然不同的人所组成的群落的悖论，比如，最初匿名的杀人犯和其他所有人组成的群落；再比如，“异形”和其他所有人所组成的群落。这是一种对当代社会的悖论的响应，当代社会是一个无社会的社会，只能以被分裂的原子的面目进行自

---

① 让-皮埃尔·安德冯，《白鼬的工作》，巴黎：Gallimard出版社，Folio科幻文丛，2005年，p. 216（1965年第一版）。[译注] 布莱斯为小说中的人物。

我反照。这两类文学可以被我们用来阐释当代文学的绝大部分。通过现实主义对特殊性的体现，当代文学在无意中对当代社会的参照缺失进行着摹拟。同样，通过它关于主观性的游戏，它无意中成为了某种社会的反射，在这个社会里，那个想要把自己的生活选择与社会共识联系起来的人被抛入了一个个体的自反游戏当中。换句话说，当代社会是一个完全自反的社会，但这只能发生在被分裂和个人化的条件下。这一点体现在：大作家的画像和它们所构成的“活现”、自我虚构、画像所带有的作家的自反性权威、画像所暗示的极简主义和反照的可辨认性。

“大劫难”文学自然是无参照文学的一部分。尽管我们可以举出不少前辈作家，比如大卫·鲁塞、让·凯罗尔，但这类文学却最近才发展起来。它是幸存者和消失者的后代[①]的文学，前者有乔治·森普伦、埃利·维瑟尔、夏洛特·戴尔博，后者有乔治·佩雷克、罗贝尔·鲍勃、艾米尔·科波菲尔曼。它以一种独特的方式反驳了泰奥多·阿多诺的那句话：“奥斯维辛之后，写诗是野蛮的，这甚至侵蚀了关于为什么不能再写诗的认识。”述说集中营，就是述说回忆的艰难和必要，就是对民族和社会做出定义，后者让某些人成为终极人，让他们的文明成为过去、成为无参照的文明，就这样德国社会成为了一个无参照的社会——它促使并实现了对人的彻底摧毁；大屠杀后的当代社会由

① ［译注］消失者即指二战中被德军秘密逮捕送往集中营后不知所踪的犹太人。乔治·佩雷克曾创作《消失》，以作品中法语元音 e 的消失来指代他母亲的“消失”。

于在无意中选择成为这样的社会，因而同样成为无参照社会——它们接受了对人的彻底摧毁。“大劫难”文学就在这样的社会当中坚定地面对了社会的彻底缺失和这个社会未来的彻底缺失。它将历史性看作定义我们社会的历史断裂的证明，将集中营的受害者看作终极人。它将这个断裂和终极人的存在作为工具来描绘历史性阅读中被扩大了的背景。以安德列斯群岛文学为代表的殖民文学——从爱德华·格里桑到克里奥尔[①]作家帕特里克·夏莫瓦佐、拉法埃尔·孔费昂——将奴隶制社会描写成了无参照社会，即一个否定了人的社会，将后奴隶制社会描写成一个无法找到参照的社会，将奴隶的后代描写成在参照的缺失中进行自我认识和思考的人，他们因而可以在一个扩大了的，即普世的、全球的背景下来观照和思考这些缺失的背景，克里奥尔文学的最终意味就在于此。当代文学所实践的自反运动依附于主体的自反和譬喻、依附于记忆和权势文学，“大劫难”文学和殖民文学却告诉我们，我们可以按照一个与此无关的自反运动来进行写作。在它们那里，自反恰恰让主体成为一个对它所参与的历史断裂和参照缺失有所知晓的主体，同时这个主体又对产生断裂和参照缺失的情境有所认识。也是这一点说明了，我们可以通过文学认识到

---

① ［译注］克里奥尔语是安德列斯群岛等地流行的一种法语、西班牙语、葡萄牙语和本地语的混合语。“克里奥尔性”因此被用来表达加勒比海地区后殖民社会文化、意识形态和身份意识等方面的混杂。“克里奥尔”还指20世纪80年代在马提尼克由帕特里克·夏莫瓦佐和拉法埃尔·孔费昂等人发起的文学运动，对安德列斯群岛地区的这种克里奥尔性做出了肯定。

两种独特的再现：可阐释的再现仅仅是对涵盖了整个主体——集中营受难者、奴隶——的背景的再现；对于这一再现的再现是文学创作的产物，文学创作用被扩大了的背景，即在作为集中营后人的西方社会的背景下和克里奥尔的世界性的背景下，对这一背景进行测量。在这里，所有能为文学和作家的权威摇旗呐喊的文学要素都被这一被扩大了的背景超越继而蜷缩后退。

有别于当代文学的绝大部分，“大劫难”文学和殖民文学告诉我们：现在只能通过最广义上的历史出发点才能对自己进行思考和再现，这个出发点让我们对当代历史的视点进行拓展，从而达到一种未来的视点。从中体现了一种从历史和时间出发对现代性的思考——现代计划是一个在有限的基础上进行的无限的计划，尽管这需要从一个特殊的角度来考虑。这可以从两个时期上看出来。

第一个时期：西方社会早已对现代计划进行了一种可以说既清晰、无忧又粗暴的使用。这个计划在今天没完没了地成为它自身的譬喻，尽管它除了与“启蒙”时代的断裂之外从未承认过其他出发点。然而，西方社会，特别是法国社会的历史在承受了种种作用和反作用之后具有了新的起点。

第二个时期：承认新的起点，尤其是在西方历史的负面时刻，就如“大劫难”文学和殖民文学所体现的那样，意味着将那些曾是这一负面时刻受害者的主体当成与法国和西方的现实密不可分的象征性的整体集结，同时，对主体的否定和对他的文化身份的承认这两者间的联合又得到了确认。

“大劫难”文学和殖民文学重新从历史和时间上对现代性进行思考并从中得出一种现实主义，这说明它们被按照外在主题从字面上阅读，说明它们具有一种超越了自身主题的特别的当下性，这一点，它们的作家知道，读者也知道。就这样，这两类文学明确和修正了当代思想中普遍的关于终极人的主题。这个主题指明了当代人的处境，一方面，他知道自己被投射到自反性当中，另一方面，他又知道自己属于这样一个社会，这个社会与历史并非一脉相承——这种论点绝望而又尼采式的版本是德国哲学家彼得·斯洛德岱克[①]——它再无法从历史中找到自身的起点。这样的概括让我们无法在以下两种解释中做出选择。

第一种解释：终极人和起点缺失的社会之所以如此是因为它是崇尚和解[②]的社会，所以它让我们看到的是不同人与不同文化的共存，让它们各自停留在自己的个体和身份当中。

第二种解释：终极人和历史起点的缺失是无参照社会的特征。“大劫难”文学和殖民文学中的终极人显然是无参照社会的终极人。终极和无参照的这样一种联盟使得新的历史出发点成为必然和可能。

鉴于它们在历史上和文化上所持的观点，这几类文学是关于文化身份的文学和无法勾画任何群落的社会的文学。它们也是陌生人群落的文学和关于身份间的邻近的文学，

① 参见彼得·斯洛德岱克，《无限的动员——通向对政治批评的批评》，巴黎：Christian Bourgois出版社2000年出版。

② 这一点请参看引论。

身份间的邻近并不意味着某种组织性的存在以便给它一个确定的定义。这种曾经难以表述的陌生人群落的积极形象为克里奥尔文学找到了十足的理由，就像它曾为所谓的女性文学——埃莱娜·西苏、让娜·依芙拉德，为所谓的性差别文学——西里尔·科拉尔、艾尔维·吉贝尔，为阿拉伯和非洲后裔文学——妮娜·博拉维、玛丽·恩迪耶——提供了理由一样。正是在法国社会和这些文学所描绘的特殊群落内部，那些被否定了身份的人才得到了表现，他们的身份才得到了颂扬。需要强调的是，陌生人的群落并不意味着它具有某种组织性来给自己下出定义。

无参照社会的作品：文学的尴尬，现实的回归和怪诞的严肃性

在侦探文学、科幻文学、“大劫难”文学和殖民文学之外，另有一些作品大胆处理着终极人形象和历史起点缺失的游戏，同时，它们似乎建立起了一种新的现实主义，这种现实主义通过运用其自身的处境，明确展示了关于时间和现实的问题以及当代社会和文学的尴尬。最具代表性的便是米歇尔·维勒贝克的作品。

如果我们带着连续的眼光来阅读维勒贝克的文论、诗歌和小说，便能辨认出被他所灵活运用的那些矛盾。他的诗歌是极简主义的，尽管他将诗歌定义为真理和所指之歌。他指出了当代小说的死胡同，认为它沦为了令人窒息的当代主义的囚徒，但他创作的小说却体现了这种当代主义情结。他揭发了文学中愚蠢可笑的色情元素，却泰然自若地在作品中表现色情。他拒绝了当代文学自诩的先锋主义，拒绝先锋派和形式主义写作，却保留了先锋派和当代作家们特有的权威架势。这就是文学之尴尬的第一重表现。维勒贝克说现实和现实主义从来都不美。一如现实和现实主义的尴尬，文学的尴尬还有第二重更广阔的表现，即社会的尴尬。个人主义让主体变成了孤立的粒子，让社会变成了无参照社会。然而，用维勒贝克的话说，无参照社会却

从建筑的观点将自己定义为一个“社会支架”——社会是一种秩序，但它并不真正构成一种社会。在灵活运用这些矛盾的过程中，维勒贝克并没有指出文学少数派的存在，而是看到了在当代社会中成为少数派的困难和不可能，然而，他同时又对文学少数派的权威进行确认——诗歌的悖论便是这种权威的体现。他说出了与社会决裂的必要，又觉察到文学只能是社会的文学。在灵活运用这同一些矛盾的过程中，他将个体定义为粒子，但又不排斥这样一种观点，即个体作家拥有知识的总和，探寻着历史的精确和时间的节点——这实际上是对历史出发点的探寻。他知道这些含糊不清造就了洛夫克拉夫特寓言[1]的活力，也知道这位作家的神奇正是成就于此。然而，他又希望自己是现实主义的。他想借此说明，文学明确地面对着关于时间和现实的问题，他知道在今天，这些问题只能是一个被剥夺了所有时间定位和行为定位的社会的问题，属于一种作为对这些现状的重复的文学问题。他试图解决：这种文学将自身矛盾暴露无疑，并将自己当作一种终极文学——这样，它既是一种现实主义的文学，又是对文学的否认。简而言之，它重复着文学的陈词滥调，又对社会状态和终极状态进行着摹拟，体现出一种否定自我的文学的特征。这一点在《一个岛的可能性》里得到了阐释。

根据小说中的论证，这个书名其实可以从反面进行

---

① 以上概念均如实引自米歇尔·维勒贝克，《发言》，《H. P. 洛夫克拉夫特》，摩纳哥：Le Rocher 出版社 1999 年出版。

解读：任何岛屿都是不可能的。它表达了对岛屿化的拒绝，这个岛屿化既是社会向个人强加的，也是对这样的社会的拒绝所造成的，而同时它又在全球化世界中将这个社会定义为无边界的社会。对社会的这种特征概括被小说的文字和结论所证实了。描绘这样一个社会的现实无法摆脱当代现实主义的陈词滥调以及它对当代主义和幼稚的色情主义的病态依恋。之所以会有这样的陈词滥调和这样的强迫症无从解释，似乎本来便是如此。然而，我们毕竟能从它们的无从避免中读到什么。在现实当中，需要有另一种现实和另一种生活。“岛屿的不可能”还可以被看作时间的不可能，即属于另一个空间和另一种人的时间的不可能，尽管小说的未来主义风格似乎肯定了这样一个时间的可能性。终极人的形象既属于当代人，又属于终极人时代之后的人。但是他的形象只能由我们的时代产生。这清楚明白地告诉我们：假如我们一定要对历史的确切所在和时间的断裂刨根问底，它只能是对我们自己的历史的拷问。

“文学在本质上（perse）自相矛盾”这一说法并不意味着它像60年代那样通过将文学与反文学对立起来来否定自己。它以更本质的方式表现出对自己的否定，因为以当代社会的眼光来看，它再不能履行自己原本的职责。因此，如果我们要再说说诗歌的话，它只能是一种极小的真实。因此，如果我们要再说说《一个岛的可能性》的话，这部通过讲述人物的生平从而缝合了过去与现在的小说实际上否定了它讲述的是过去的生活这一事实，尽管它讲述的是生命曾经经历的状况。我们应当认识到，这部小说的形式是一个谎言——这个谎言试图告诉我们，过去、现在、未来可以联汇贯通，构成一个时间的总和。尽管这部小说的组织和论证均肯定了这一点。

这对当代文学来说是一个四重教训。它应当认识到自身的矛盾。它应当承认社会的尴尬和自己的尴尬。这样才能成就它的力量和权威。它应当认识到，在一个没有参照、没有历史起点的社会里，无论再现未来还是过去都徒劳无益。它还应当认识到，这样一个不能思考它自己的他时（autre temps）和其他现实的社会，显示出了一个与自己和解的社会的外形，因此，即便到了它可以追求其他时间和文化的时候，它也对此兴趣索然。我们可以这样对这些教训进行总结：如果文学必须停止成为象征和意识形态的副现象——50—70 年代文学规范下的文学均体现了这种副现象——它就必须成为一种严肃的文学：停止玩弄它自己的权威、它自封的合法性和它自己的时代——这里有必要重提一下对现实的盲目和对过去的依赖；它必须成为一种不仅仅根据文学来提出重大问题的文学。当代文学的最后一个教训便是，维勒贝克小说的透明性既不提议也不暗示拥护这样一个社会或小说中的说法：他的小说同时具有某种严肃性和明显的嘲讽。后者是表现怪诞的一种方式，它告诉我们整个社会都被颠倒了，同时却又暗示这在他的小说中是一种共识。通过展现这种颠倒，小说促使人们彻底注意到我们所处社会的真实面貌。这为文学中现实的回归奠定了基础。现实主义要求扩大它自身的背景，它无法让自已成为现实暴力的简单等同物。这个被维吉妮·德彭特阐释过的对等游戏仅仅不加思考地注意到了当代社会中时间定位和行为定位的缺失。它意味着与文学极简主义相同的可读性游戏，因而也就是与之相同的盲目性。

新先锋派和对权势文学的超越

有关权势文学的思想首先可以这样定义：它拒绝对文学自身可能的背景扩大及所能引起这一现象的自反游戏进行考虑，它拒绝承认现实主义并不决意要根据命名游戏或命名的缺失（极简主义）来对现实的边界进行勾画。这种思想还可以被概括为：它拒绝认为文学的意义在于它自己的实现，而不是同某种将文学等同于语言的虚拟状态混为一谈。这些拒绝解释了绝大部分当代文学所带有的矛盾。这些矛盾可以被用来让文学游戏成为一种根据它被扩大了的背景对自身生效的游戏。这最终排除了能够带来可辨性和可读性的“模型”，让读者直接面对文字和作品本身。文字得到了辨认，这一点显而易见。而由于文字是可被辨认的，作品自然也就得到了辨认。它所表现的东西当中没有什么可以被认为肯定是已知的和可被再现的。这就将作家定义成为文字的唯一施动者。作家并不能从中为自己的权威找出理由，因为，尽管文字是如此直白，但它的意义和参照物既没有得到保障，也没有被剥夺。

瓦莱尔·诺瓦里纳和埃里克·舍维拉尔的作品体现了权势文学的这种转变。他们的作品只能按照字面意思来进行阅读和分析。这种字面性所允许的并且由作品表现出来的各种阐释是向字面性的回归。尽管字面性游戏和 60—70

年代所表现的能指、所指的游戏看起来有些相似，但它们绝不雷同。不管能指、所指游戏以何种理由，尤其是语言学上的理由为借口，它都将作家定义为那个依据自己的权威来处置意义或意义的缺失和参照的可能或不可能的人。这恰恰体现了代表文学例外地位的“城邦权利”。将一切归总于书写的能指，只能说明语言最终不能用来对任何现实进行测量——从而体现出一种文学的权威。这在很大程度上解释了当代文学对 60－70 年代文学依赖背后的利益所在：维持这种权威，通过主体的譬喻和自反将它与作家联系起来，或像现实主义和极简主义那样，与读者参与的并证实了主体存在的认识联系起来。相反，对字面性的回归，由于它针对的是文字及其问题，排除了能指和所指游戏所带有的那种划分。这个回归显示，不管是戏剧写作还是叙事写作，写作的定义从语言和话语的内部出发，因为写作承认并实践着语言的所有可能，比如能指与所指的联盟与分裂，比如参照和参照缺失的可能，比如语言的时间化和话语形式，比如这一时间性化和这些话语形式可能带有的不同目的性以及其他许多东西。文字主义游戏的是语言、说话和写作行为所代表的反面。因此，这样的文字主义，比如瓦莱尔·诺瓦里纳游戏的“我是”，令我们无可避免地同时在说着是和不是。因此，埃里克·舍维拉尔所实践的否定明显地暗示了与否定相反的内容。需要重复的是权势文学的转变和权势文学所暗示的对现实力量的认可的转变。权势文学和对现实力量的承认允许绝大部分当代文学保留了文学的例外地位，同时又肯定文学相对现实的客观性。然而，在诺瓦里纳和舍维拉尔的作品中，文学再不被定义为语言的总合：在这样一种定义下，将文学看作某种显性的潜力将允许作家对能指和所指做出歧视。文字主义也不再将现实看作一种潜力：将现实看作潜在要求现实与文学完全相符，而作家的权威却没有遭到回绝。作品是一种文字主义的练习，它将语言本身和语言行为——说话、参照、不参照，等等——当作它的起点，因而将它们当作了一个缩减点，就像它将这些行为的参照——可以是语言本身、语言行为、动作、施动者和现实——当作了一种缩减一样。作品造成了缩减，意味着缩减，构造了它被扩大了的背景，作品从缩减出发逐渐壮大。在这里，文学游戏具有三重意义：对无参照文学的展示——这是文字主义的成果；对被扩大了的背景的展示——这是文字主义的质疑所带来的；对语言、行动、施动者和现实的质疑。这种新先锋派完美地综合并阐释了侦探小说、科幻小说、“大劫难”文学、殖民和反殖民文学、现实主义回归文学的理念。

权势文学的终结和旧式评论的终结——直到乔纳森·利特尔

我们所称作的新文学以独有的方式在语义学、形式和修辞上发生作用。

从语义上来说：逾越的主题与遵守的主题之间的对立，如侦探小说；人类时间和其他时间的对立，如科幻小说；无参照社会和终极主体的对立，如“大劫难”文学和殖民文学；无参照社会和一般主体的对立，如米歇尔·维勒贝克；说与被说的对立，如新先锋派。然而，这些对立被包括在同一个动作的语义当中，它并不以秩序为终结，也不单一地以其他时间、受害者化、一般个体、抑或是文本文字的真相为终结。

从形式来说：这样一种动作的语义学避免了将叙述与其自身叙事上、时间上的总合混为一谈，叙述是对动作间的不协调及其动因的展示，是对叙述的时间的展示；这也使得文本文字无法逃脱对它的质疑，例如，戏剧言说即是一种对文字的回归。

从修辞来说：在这些条件下，理性（logos）是一种在所有论断游戏之外重新自由构建伦理（ethos）背景的途径。这种新文学是一种自创生（autopoïesis）实践，是它所描绘的无参照社会自创生的表现。自创生的隐含意义就是说：作品掌握着参照的不足、它的形式和主题的不足，因此也掌握着它自己被扩大的背景，但它却不能对此给出一个统一的观点。提出社会自创生的命题实际上是在说，正是通过这样一个社会自身的不足，这个社会才获得了某种可能。

修辞的重组和自创生指明了人们将已成文学和构成中的文学定义为权势文学、并将它们与现实的权威联系起来的时候所步入的死胡同。他们拒绝看到，作品所独有的总合游戏不能成为它自己的终结——自反性的总合无法存在。这种拒绝需要以文学评论为依据，不管保罗·利科还是钱拉·热奈特，不管让-保罗·萨特（《家庭的白痴》）还是莫里斯·布朗肖，他们的评论均体现了自反性总和的观点。罗兰·巴特察觉到这种总合值得质疑（《第一课》），但他没有注意到这其实体现了文学权力和文学思想的不足。这个自反性总合的假命题说明评论曾经对权势文学俯首称臣。作品外在描述上千奇百怪的差异是文学根据细节不同作出的命名游戏——命名游戏总是想要卷土重来，因为它只能让所谓形式上的和自反性的总合停留在未命名的状态。反复进行的对文学的哲学阐释，萨特、吉尔·德勒兹、雅克·德里达等，证实了这个关于权势文学的游戏。与这个游戏相反，修辞的重组和自创生指出，作品是对它自己的超越，因此也就是说，是对它自己的质疑①——因此，即

---

① 此观点参见米歇尔·梅耶《语言和文学——论意义》，巴黎：PUF出版社1992年出版，以及敝作《文学理论概论》，巴黎：PUF出版社2005年出版。

便那些哲学阐释也不能保证一种自反性的总合。具有自反性总合特征的当代文学认为自己具有意识形态上的地位,它还将这种地位冠之于19世纪以来的文学,而现在,对这样一种意识形态地位的正面阐释失去了效用:文学是面向它自己的,这是因为它是一种民主的文学①。一种与60—70年代的历史决定论和自成理论性决断了的文学得到了认可和定义,它超越了大部分当代文学所带有的矛盾。一种有条件给出时间定位、行为定位并能够给出群落定义的范式的文学在如今得到了认可和定义。

时至今日,这样一种文学已经水落石出,它在乔纳森·利特尔的小说《复仇女神》中得到了体现。这部小说是对二战时期的德国和对犹太人大屠杀的细致回忆,讲述了主人公马克斯·奥尔的生平。马克斯·奥尔是德国纳粹军官,奉命执行政治监督,确保东线战场的秩序执行,并最终成为了灭犹合理化运动的策划者。在小说中,这个刽子手的话语由于被发表因此是公开的。这些话语同时又因为属于私人叙述所以完全是私人的。这种二元对立贯穿了整部小说,体现在施动者和他们的行为上。这部小说中的德国社会是个整体社会——希冀着自己的胜利和犹太人的消亡;而这样一个社会的形成却依靠个人行为,个体化行为在共同目标指引下相互联结、不断终极化。这样一种关系描绘出群落的缺失和伦理(ethos)的虚假。这个社会的

① 此论点参见雅克·朗西埃《无声的话语——论文学的矛盾》,巴黎:Hachette出版社1998年出版。

形象和构成说明，它的整体性还体现在它完全矛盾的秩序组织上——秩序有其建立和消亡。由此，小说中背景扩大的游戏便发生了效用，给出时间定位、行为定位以及范式来为群落做出定义成为了可能。满足这些条件需要小说具有双重论证。所有的秩序均是其自身的束缚，马克斯·奥尔的家庭故事和私人经历正体现了这一点。再现一个社会的当下和现实意味着，从它给自己做出的并试图证明其合理性的定义的不足之处出发，对这个社会进行考察。

马克斯·奥尔是一个同性恋，也是杀害父母的凶手。他违背了其所代表和建立起来的秩序。这种纳粹秩序的定义如下：这是一个敌我两分的世界，个人应当对社会的抉择有着清晰的认识，并以此为行为准则。没有敌人，朋友无从谈起；没有对区别的肯定就无法确定自身的存在。这使得对身份的鉴别成为采取致命行为的时机：指认敌人就是将全部责任归咎于他，让这个指认敌人的人卸下自己的责任，将对敌人的指认当作首要和唯一正确的行为。在敌友的对立建立起来的秩序当中，让这个指认敌人的人成为一个陌生人——他是同性恋和杀人犯——暴露了这个秩序的做作、脆弱和谎言。马克斯·奥尔于是成了一个双重的怪胎：从他的社会看来是，因为他对这个社会秩序构成了威胁并指出了它的临时性，尽管这不是他的本意；从我们所处的这个知道了大屠杀真相的社会看来也是，这种知情在小说中不断地被重复着、暴露着。马克斯·奥尔在两种社会中来去自由的本领因而也具有双重意义。这种自由与他的职能和权威相连，同时又违背了社会赖以存在的基础，即界线的划分：他将最初仅被当作一种距离的差异和他性带入社会内部——起初人们想要疏远犹太人——最后则遭到了彻底否定。这样就为历史叙述以个人叙述的面貌出现提供了充分的理由。个人叙事是一个双重的例证（exemplum）：它既讲述了一个纳粹分子的故事又证明了秩序的怪异。秩序在这种怪异中找到了它的衡量标准和外在性的分界点，从这一点出发便可开始一个新故事。不要以为新的故事就一定是杀人犯的故事，而应当将它理解为一种不确定——马克斯·奥尔将自己看作一个和他妹妹长相一样的女人——并非让人害怕的难以确定，难以确定指的是对毫不费力的敌友对立的回避和责任人与非责任人简单两分法的拒绝。这就是为什么马克斯·奥尔既是罪恶的化身，同时又饱受煎熬的原因。罪恶的化身，因为他执行了犹太大清洗；饱受煎熬，因为他明白自己的同性恋行为和家庭故事不合常理，而他的痛苦和情感又与罪恶发生了抵触。在这种二元对立当中并不存在为罪恶昭雪的企图，而旨在说明：一方面，所有的妥协，即同时成为纳粹和同性恋，注定是场灾难，导致了与纳粹共谋和杀害父母；另一方面，说明道德并不取决于被建立的秩序。马克斯·奥尔做出的叙述让他的文字背离了他的论点。他的叙述接受了主人公的过去——叙述中没有丝毫悔恨，并接受了主人公所带来的问题：如果现代被当作一个思考、构想并实践秩序的秩序至上的时代，那么它同样是一个一切秩序皆缺失的时代，甚至秩序的观念也不复存在，剩下的唯有人为权利的限制。这就是为什么《复仇女神》的主人公被表现为一个只能讲述自己生平的人。讲述自己的生平就是重复秩序观念的缺失：秩序最终意识到，它是所有对话的终结，是所有社会关系不平等而又浑然一体的实践①。马克思·奥尔这个人物身上体现着一个一贯的主题，即他的外在性，这个外在性与他的家族故事混合在一起，意味着这个人物并非一开始就属于他所代表的秩序。这样做是为了突出秩序的历史性，尽管秩序本身也有自己的过去。要满足给出时间定位、行为定位和定义群落的范例的条件意味着——这一点造成了小说再现背景的扩大——任何对秩序的承认都不是优先的，作为秩序的建造者，这个陌生人同时具有终结秩序的可能。

有关战争和种族灭绝的历史可以通过无悔的回忆表现出来，也可以在承认当代社会秩序，即在承认叙述发生时的社会秩序的条件下进行——这是《复仇女神》值得注意的地方之一，它告诉我们，二战和种族灭绝时代的德国实现了现代社会、因而也是当代社会的一种可能形式：这样的社会依赖组织和合理性。很明显，乔纳森·利特尔在这一点上将当代历史学家们的观点纳入了他的小说，致力于描写战争、种族灭绝下的官僚主义和这种官僚主义所追求并允许的东西：纳粹党卫军方面的道德冷漠和犹太人对道德的绝望。自我的叙述就是对以上这点的叙述：马克思·奥尔被卷入一系列相互咬合的行为之中，奉命证实战争和

---

① 关于秩序的“现代”意识、种族灭绝和种族灭绝的定义这三者的关系，参见齐格蒙特·布曼《集中营的世纪》，收录于彼得·贝哈茨（编），《读者布曼》，伦敦：Blackwell出版社2001年出版。

屠犹行为的合理性，这就是为什么小说致力于精确描写决策链的形成，其中再现了纳粹的等级制度，也再现了某种社会状态。然而，实际还不止这些。小说对社会的组成和社会身份的定义进行了最大化的描写，就像它关于敌友之分的描述那样，那些无责任的参与者和有责任的非参与者均加入到了这个身份定义中去。这部小说因此清晰不过地说明了无参照社会的模样。其中当然有社会秩序、社会话语和价值话语（德国和纳粹的价值）的再现。其中当然也有一个无参照社会的再现，它处于与这些话语相关的参照物之外。这是一个无参照的社会，因为它的最终定义是将战争和种族灭绝当作理性行为，将任何个人工具化，将一切行为与问题的解决挂钩，即便那意味着对人的否定。值得注意的是，这样一种社会行为原则的缺陷被德国的战败和柏林遭受的轰炸所证实了，尽管那并不是一种解决问题的方式。社会秩序所自认的合理化便是这个秩序自身的溃败。

当然，乔纳森·利特尔并没打算要教给我们有关纳粹德国和犹太大屠杀的什么新的东西。他知道的我们都知道。他没有将这双重的知晓当作关于人性泯灭的说教，而是通过运用这个决定了当代的历史时刻，将这种双重知晓作为一个有关我们的历史和现在的自反游戏。他用当代的手法，而非历史或考古的手法，明确地将文学当作对政治语法的拷问。政治的问题在今天是群落的问题，这并不意味着对它的极端否定或肯定，因此，我们可以说：

> 一致性在今天代表了所有社会价值取向的条件，从政治观点来看，它是将主观性组织起来所需要的形式。①

这种一致性可以是秩序的一致，它集中体现在马克斯·奥尔这个人物身上。马克斯·奥尔在很多方面可以与法国联系起来，我们注意到两者间不无相似之处。这部小说除了展现几个发生在法国的场景之外，它还提供了许多或隐隐绰绰或实实在在的文学上的参照，莫里斯·布朗肖、让·热奈等，这些文学参照与60—70年代的文学典范不无干系。这种种表现告诉我们，这部关于纳粹德国的小说建立在当代法国历史和文学历史的基础之上，并在这个基础上得到解读。这部小说于是成为了法国当代文学所在处境的写照。需要重复的是这部小说所认识到的做出时间定位、行为定位和定义群落的范式所需要的条件。除了看到大部分法国当代文学如何看待历史、做出再现和自我辩解之外，我们还可以在这部小说中找到许多别的东西。

---

① 安东尼奥·内格利，《瓷器制造——论政治的新语法》，巴黎：Stock出版社2006年出版，p. 86。

再谈法国当代文学

当代，法国文学以及与此二者相关的关于文学创作的讨论

本书第一和第二部分描绘了这样一种矛盾：一方面是与某种凝滞的先锋姿态和大文学的召唤紧密相连的当代文学创作群体，另一方面是与一种切实的文学当下化相连的、积极响应了无参照社会的召唤的创作群体。这个矛盾与文学创作如何在第二类群体中得到设想、与什么是作家的问题分不开。在这种双重的和终极的视点之下，已经凝滞了的先锋姿态的自负与无用被揭露无疑。这一视点从文学创作和作家地位的角度，对何谓关于时间、关于社会和关于群体的游戏进行了拷问。这个游戏方才我们已经进行了描

述，它是对无参照社会的回应。

文学创作及其更新：法国当代文学中的第二种创作群体为我们明示了以下事实：在当下的内部无法对这个当下做出导向；过去两个世纪的文学所留给我们的启示不能照搬。这个事实及其后果可以不同的方式得到验证。我们可以回顾一个多世纪以来法国文学创作的演变史，考察自末落派[①]以来不同的文学流派如何更迭，如何被归入文学史，而之前的文学同样也带给我们许多警示。通过树立了三大文学样式（小说、诗歌、戏剧）主导地位的那些问题和辩论，我们也可以对这个事实及其后果进行考量。当代的小说告诉我们不必讲什么反现实主义，不必重提反拟态的训条，也不必依恋简约主义文学的告诫，而是明确提出要对现实主义进行重新思考。现实主义不能被简单地认为是对现实的模仿或是对反拟态的拒绝，它是一种对现实中的主体可能具有的状态所进行的描述。现实主义的问题变成了主体与外部世界两者间关系如何被描画的问题。这个美国作家亨利·詹姆斯在19世纪就已经提出的观点在法国当代文学里显得尤为突出：必须对无参照社会做出回应，由于无参照社会并不对自己做出定义，因此想要把握它我们需要通过各种关系游戏。当代诗歌及关于它的讨论在以下两点上的态度是明确的：当代诗歌从未忘记19世纪以来诗歌创作不变的训条；但它又明确表示，诗歌的言说必须得到重新定义。在这种视角之下，当代的讨

---

① ［译注］没落派是发生在法国19世纪末的极具争议的一场文学与艺术运动，在文学上也被称作“世纪末文学”。波德莱尔通常被认为是这场运动的先驱。

论主要围绕抒情诗的地位或再定义，以及诗意与写作和文本之间的关系。换句话说，它们所围绕的两个问题与我们方才认为和现实主义不可分割的那些问题相当接近。抒情诗根据诗歌如何描绘主体及其在世界中的处境来进行自我定义。按照海德格尔的话说，主体在世界的处境是他在世界上的栖居①；或者，一旦我们跳出海德格尔模式，主体的处境在于这种处境如何被建造。对诗意与文本和作家之间的关系进行拷问相当于对诗意在写作中的定义进行拷问，相当于，用专业术语来说，重提关于能指的辩论。我们注意到的这几点，对当代戏剧的大部分同样有效，不管是新创的还是改编的。在20世纪80年代，我们注意到一种对戏剧文本的权威的回归；文本的权威并不排斥演员和编剧理论的自由，后者需要将剧本转换成一种实实在在的表演。戏剧的问题和写作的问题就这样被扭结起来，而这些问题又与这个戏剧与写作的联盟本身的状态和合理性分不开。瓦莱尔·诺瓦里纳特别指出，这一联盟及其状态的表现暧昧不清，他将这些问题总结为叙述的问题及叙述在写作中如何得到表现的问题②。

当代文学与作家的地位：因此我们可以说，一种被称作“例外地位的文学”在回归，一种将主体与世界等同起

---

① ［译注］“栖居”出自马丁·海德格尔哲学中的“诗意的栖居”，最早出现在18至19世纪德国诗人荷尔德林的晚期诗歌。1951年海德格尔在其撰写的著名论文《人，诗意的栖居》中引用并加以哲学的阐发。关于“栖居”，作者在下文中还有阐发。

② 关于瓦莱尔·诺瓦里纳，请参见本书第二章。在接下来的论述中，我们将主要讨论小说及其现实主义，以及诗歌和它的抒情性。

来的趋势在回归。最后，我们还可以说，作为这两个回归的结果，形成了这样一种文学，它把自己当成是一系列话语的组成，可以让我们将背景纳入思考范畴，并根据背景来思考主体：我们可以将作品看成是一种对背景的勾画，表现的是对背景的回归。以这种观点看来，法国文学中的第二类创作群体可以被看作是对法国当代文学所处的通货紧缩状态的回应。这种通货紧缩状态体现在诗歌里面，比如诗人和评论家让-米歇尔·莫尔泊瓦[①]，他毫不犹豫地提出了诗歌的终结的说法，但这与布朗肖的文学的终结[②]不一样。莫尔泊瓦的观点是，诗歌不应该属于这个时代，而它却还在这个时代书写着。这种通货紧缩也体现在戏剧里：评论和戏剧导演们述说着当代戏剧的贫乏[③]。当代戏剧中关于如何在舞台上安置道具的辩论和如何逾越这种贫乏的辩论都显得不合时宜了。当这种通货紧缩与一般意义上的文学联系起来时，它体现在，相对“文化”，即相对媒体及其相关物[④]所体现的所有表述活动和再现活动来说，文学被弱小化了。认识到“通货紧缩”的现实无疑是悲怆的，评论和作家都主动地表明了这一点，也有人在悲怆中看到了某种姿态。注意到“通货紧缩”之后，我们可以将它看

---

① 让-米歇尔·莫尔泊瓦，《对诗歌的诀别》，巴黎：Corti 出版社 2005 年出版。

② 我们指的是布朗肖提出的文学终结的主题。

③ 参见乔治·巴努，《理论的微缩——文本》，阿尔勒：Actes Sud 出版社 2009 年出版。

④ 参见米歇尔·德吉，《诗歌的小事和文化的大事》，巴黎：Hachette 出版社 1987 年出版。

作文学的新可能。然而这种等同仍然是暧昧的。同时陈述文学、诗歌、戏剧的“通货紧缩”及其所包含的可能性，相当于将作家和作品分别等同于一种权力和抵抗行为——这样我们就重新回到了自19世纪以来的文学评论传统。这个传统走过了现代、后现代，甚至通过一种将文学绝对化的方式在当代得到了延续，本书第一部分已对此进行了阐释。陈述这一“通货紧缩”和可能也相当于赋予作家、诗人和剧作家某种超验的能力：是他们重新构建了文学、诗歌和戏剧，因为他们知道“通货紧缩”所意味的模糊不清的境况。因此，抵抗与对作家绝对权力的肯定分不开，而这种权力事实上从未真正经过验证。一种对法国当代文学现状的准确评估必须将以下两点作为条件：为什么说，法国当代文学的第二类群体及其作家摆脱了文学“通货紧缩”的事实或假设；为什么说，他们摆脱了作家可以赋予自己的超验能力？①

---

① 这两点还可以换一种方式来说：当今有许多作家，尽管他们并不对我们所定义之下的权势文学表示认同，却继续赋予作家和文学一种例外的地位。关于例外地位，请参见前文相关论述。

写实与抒情，抑或当代文学的诗学与美学

作家和评论家们在法国当代文学中所注意到的事实是双重的：一方面是现实主义的危机，另一方面是抒情主义的危机。现实主义的危机导致了对拟态的种种排斥。在诗歌当中，抒情主义的危机等同于与诗歌的永别。这些方才我们都已经说过了。这些排斥和危机是极端的。它们体现了19世纪末以来法国文学当中现实主义和抒情主义演变的种种表现。

现实主义与著名的现实主义小说同时发展起来，我们可以从不同的角度对它的特征进行概括：从语义学角度来看，现实主义认为小说中的指认应当同现实中的某一特定物对应起来。这实际上就是说，小说，尤其是现实主义小说从属于现实世界。关于拟态和反拟态的辩论提出了这样的一个内在论：只有在接受作品处在现实世界内部的假设前提之下这些辩论才有意义。要将文学置于世界之中，这个内在论是最常被用到的依据。甚至当我们将小说与虚构联系起来时，这个内在论仍然存在，因为虚构被理解为将虚构的世界放置到现实世界之中。文学的这样一种内在论的定义造成了许多后果。通过这样一种内在论，文学既可以与世间万物联系起来，同时又认识到了自身的局限。因为，通过这一内在论，文学在某种程度上显现出对世界及

其再现的忠诚，它既不能反驳与这个世界相连的多种多样的话语，也不能证明它自以为拥有的在艺术上的自主性。我们还可以换一种方式对这几点进行阐述：作品可以表现对文学的所有各种肯定，它可以自认为是自主的，但它却不能在最终意义上证明自己的创建独立性。于是，当代小说的前身新小说选择了客观性，极端地发展了客观主义，而另一方面，对内在论的承认又不允许它对小说的创建进行全面解释，因此留下一个客观主义及其对立面之间悬而未决的二重性。罗伯-格里耶的作品就是这样的一个例子：与客观主义密不可分的是某种梦幻主义或个体眼光，分别体现在《在迷宫里》[①] 和《嫉妒》[②] 这两部作品中。作品的创建与内在论之间缺少联系，由这样一种联系的缺失和内在论所构成的矛盾对作品是决定性的。这一矛盾如今找到了一个显著的社会学和文化上的合理性：在一个无参照社会当中，尽管个人被社会所湮没，社会关系的创建却不可能被个人所察觉或想见。

对于文学或小说创作与现实主义所构成的矛盾，对于这样的矛盾在今天的合理性，文学以三种方式进行了回应：它继续忠于现实主义的传统，不对当下的矛盾进行揭示；它试图缓解这个矛盾的后果，极简主义就是这样的一个例子；或者，它像新型小说[③]那样将这个矛盾当成游戏的

---

① 阿兰·罗伯-格里耶，《在迷宫里》，巴黎：午夜出版社 1959 年出版。
② 阿兰·罗伯-格里耶，《嫉妒》，巴黎：午夜出版社 1957 年出版。
③ ［译注］即作者认为当代文学中脱离了权势文学的那一部分，本书第二章中谈到的新先锋派。

砝码。

于是有一些小说不假思索、亦步亦趋地跟随了现实主义的传统和内在论的假设所带有的矛盾。迪迪埃·达埃宁克斯和弗朗索瓦·邦的小说便是如此。这种不假思索的态度很容易为自己找到理由：倘若现实主义作品意味着它完全属于世界之内，它在被阅读的时候必然被不断地与世界进行对比——作品通过它所引起的对比来给出训诫。

本书第二部分所分析的极简主义小说是以承认“文学是真实社会的附属”这一假设所带有的矛盾，特别是承认与现实主义所暗示的比较行为相关的矛盾为前提条件的。当这个比较被完全承认的时候，它造成的后果是，作品不能被理解成它自身和世界之间进行简单比较的场所。比较的行为意味着明确认识到作品的建构主义和它的功用①。面对对现实主义传统未加思量的重复，极简主义小说试图减小内在论的矛盾及其后果。因此它是一种简单的现象学小说，情节单薄，对施动者的定义简略，因果承接极少，事件和行为之间充满偶然因素，等等。它所带有的内在论显而易见——正是如此，这类小说才得以置身于所有质疑之外。然而，即便如此，这类小说仍不能掩盖小说从属于世界的假设所带来的矛盾。

相反，我们所说的新型小说对内在论的矛盾作出了反应，并对它进行了公开的表现。因此，它体现出既有现实

---

① 我们知道，比较及其后果，即正面承认作品的建构主义，是不可避免的，这属于西方评论对文学现实主义思考的传统。我们只需提一提福楼拜、卢卡奇和巴赫金。

主义又有想象的一面，也就是说它是一种明显的虚构作品。本书第三部分所提到的两部小说：米歇尔·维勒贝克《一个岛的可能性》和乔纳森·利特尔的《复仇女神》就是这样的小说。在第一部作品中，现实主义和想象的二重性成为了日常生活所构成的现实主义的二重性，这个现实主义表现为达尼埃尔①的生活和他所生活的那个另外的世界，这个世界脱离了所有的内在论，与它相连的是埃洛希姆教派和克隆人的世界。第二部作品中的二重性同样是现实主义的，这里的现实主义指的是第二次世界大战所代表的现实；这个二重性属于一个内在论可能被推翻的世界——一个弑母的同性恋者竟然进入了希特勒的亲信团体。传统评论认为这些二重性损害了小说的可信度——对于读者来说，他们是否接受小说的内在性和现实性体现在他们对小说可信度的看法上②。与这种传统的评论话语相反，我们应该将这两部小说所表现的，或者更广义地来说，所有的当代创新小说所带有的二重性看作是内在性和创造性珠联璧合的证明。通过现实性，小说体现为现实世界的附属。通过刚才我们所说的几点二重性，小说同时表现出自成一体，而不再是现实世界的附属。换句话说，从现实主义的角度看，我们在此所说的创新小说表现出的矛盾明显是有意为之。它的建构主义表现在小说的构造上，包括一般意义上的对叙述的组织，对事件和行为的组织等等。它的建构主

---

① ［译注］《一个岛的可能性》一书的主角。

② 在这两部小说面世之际，评论界正是利用这种双重的论点来强调它们的无趣和虚假的。

义还表现在它将自己所附属的世界和自己构成的世界放在面对面的位置上。现实主义和想象的结合在总体上并不构成问题，因为这个结合所带来的再现方式是多样的——现实主义的称谓便从再现中得来。如果这个结合构成什么问题的话，那是因为它将内在性和自主性的游戏表象化了，因为它让我们对这些小说根据内在性所勾画的被再现的世界和小说自身的世界之间的关系提出了疑问。我们可以这样来回答这个问题。小说具有内在性，同时它又不完全根据这个内在性来得到定义，在这样的情况下，小说自身的世界既是现实主义作品所附属的现实世界某种可能的样子，又是另一个时间和另一个世界。一方面是关于世界的某种可能的小说，另一方面是另一个时间和世界的小说，这显然说明这是一种关于分歧的小说[①]：在小说所附属的世界和小说自身的世界之间并没有严格的协调一致。这就是为什么体现了当代性的小说是一种科幻小说，比如《一个岛的可能性》。这就是为什么历史小说摆明了是一种想象的小说，比如《复仇女神》。科幻小说和显见的想象，它们的功用是指出小说所依附的那个世界的局限性并寻找另一种历史、另一个世界的必要性。因此，当代小说所特有的这种现实主义与传统的现实主义和极简文学相对。后两者附属于现实世界，并将之与它们自己的世界混淆了起来，让这两个世界变成了封闭的世界，即没有其他可能的世界。

对新型小说的以上评论可以让我们认识到当代法国文

① 这种分类涵盖了我们在本书第三部分所指出的当代文学的三大功能。

学中科幻小说、侦探小说和历史创伤或历史断裂小说的重要性[①]。与现实世界决断了的小说要么将自身的世界当作另外的一个世界（比如科幻小说和奇幻小说），要么将它当作现实世界的附属，却又处处逾越了这个现实世界（比如侦探小说）。因此，这类决断的小说，即科幻小说和侦探小说，并不是对现实主义小说的摈弃，而是对现实主义的存在条件的肯定。历史断裂小说，即“大劫难”小说、反殖民小说和后殖民小说，可以被看作是一般意义上的现实主义小说，因为它承认对世界的附属地位。然而，由于它们强调历史的共有和分歧的明显性（比如反殖民小说和后殖民小说），这类小说成为了包含其他可能性的小说：通过对断裂的强调，它把对现实的展现与自身世界及其所意味的可能性不可分割地联系起来。

值得我们注意的是，被评论家们认为属于常规文学的某些当代小说，也就是那些当今的畅销小说，表现出与以上相似的建构主义游戏。纪尧姆·米索的《然后呢……》[②]，马克·列维的《那些我们没有谈过的事》[③]和阿梅丽·诺冬的《杀手保健》[④]就是这样的作品。我们暂且不去管这三部小说到底讲了什么，仅注意一点：它们都具有幻想的一面。幻想所游戏的是一个悖论：如果，正如

---

① 这几种小说的重要性在本书第二部分有所论述。
② 纪尧姆·米索的《然后呢……》，巴黎：XO出版社2004年出版。
③ 马克·列维的《那些我们没有谈过的事》，巴黎：Robert Laffont出版社2008年出版。
④ 阿梅丽·诺冬的《杀手保健》，巴黎：Albin Michel出版社1992年出版。

这些小说所表现出来的那样，小说的世界注定要成为现实世界的附属，那么这个现实世界必须具有分化成数个世界的能力，这些世界在不同的时间里遥相呼应。在这些小说中，奇幻并不被理解成一种对陌生的游戏，而是一种展示建构主义的途径，即便在小说公然承认自己的附属性的情况下。从这类小说中得出的结论是：当代小说，如果它试图体现现实和现实的种种可能、时间的悖论和时间所带有的分歧，那么它不可避免地就带有建构主义。与评论对这些小说的看法相反，纪尧姆·米索、马克·列维和阿梅丽·诺冬并不试图给出某种对现实和人类主体的新视野。他们只是试图给出一幅何为建构主义的寓意画。这幅寓意画具有与极简主义的特性相反的东西。极简主义小说是当代艺术创作的导向在文学上的反映：表现具体的情状和个例，将它们从所有叙述上的、价值论上的和历史角度上的理由中解放出来。然而极简主义小说的附属性所引起的表现和再现的损减留给我们一个问题：如何解释小说在叙述上、价值论上和历史角度上的理由缺失？这个问题可以这样来说：具体的东西必然是多样的、异质的；所谓的具体其实是它通过多样性和异质性所暗示的对背景的勾画。现实主义所意味的附属性确实让我们注意到了现实世界要素之间的多元关系，因此，也就让我们注意到了现实的多元、时间的多元和分歧的明显存在。现实主义小说尤其是与这些要素的命名和能够对它进行定义的范式联系在一起的。相反，新型小说的建构主义体现在它肩负起了对这些关系和多样性的展现。某种常规的小说通过现实主义与虚构的结合也体现了这样一种展现。而流恋于文学的至尊权势的文学所忽视的也正是这一点。对关系和多样性的展现也让现实主义定义上的矛盾在当代社会看来具有了功能性和合理性：一个无参照的社会并不要求采用现实主义的范式来对它进行再现；它要求的是一种与它显见的不可确定性相对应的再现方法，现实主义在定义上的矛盾正体现了这一点。

现实主义中存在着一个悖论，同样，在当代诗歌中也存在着一个抒情主义的悖论。让-米歇尔·莫尔泊瓦对此作了阐释。抒情在通常意义上来说意味着抒情主义的回归："并非情感的流泻，而是一种张力。并非个体的抒发，而是以他人为对象。在自己身上发现所有凡人的共性。抒情是面向他人的，也是他人抛向诗人的。我们所能与同类亲密分享的，除了对我们存在意义的集体忽视之外还有什么呢？抒情是一片模糊的土壤，一个没有边界、未加定义的空间，所有陌生的物体都将在此停留：它们是世界或心灵的创伤，没有既定的价值也没有意义。"① 用回归这个词来形容它很恰当：抒情既不抒发，也不将主观性公开化；它是对主体的见证，如同它是从主体之外而发。我们可以用不同的方法来对此进行评述，比如，可以从非主观性这个定义来说——非主观性即一种无人称的主观性，因此，也就是通常意义上的主观性的反面。而我们在这里更愿意从栖居的双

① 让-米歇尔·莫尔泊瓦，《为了一种批判的抒情主义》，http：//www.maulpoix. net/lyrismecrit. html，2010年1月30日23时30分。

重悖论来谈。第一重悖论：主体是确定的；但他却不像在传统抒情诗里那样是他自己的栖所。第二重悖论：这个主体居住在世界和他人之中，但这个世界和他人却无法得到明确的定义。抒情致力于弥补缺失，它确实提出了话语、主体及两者的背景问题，然而这个背景却不确定。与刚刚我们说到的现实性与小说的问题相对应，我们可以这样说：主体是具体的，话语是具体的，然而我们很难确定地指出这个主体和话语的从属对象。将诗歌与抒情等同起来，这其实是在试图寻找一种从属性。这就出现了一个问题：用来寻找的表述是什么样子的？这就说到了诗歌的四大类方案：将栖居的论点与抒情联系起来①；以一种与让-米歇尔·莫尔泊瓦相近的方式将诗歌、抒情与疑问联系起来②；将诗歌与散文挂起钩来，这使得诗歌表现出一种与极简小说一样的对于具象的忧虑③；将诗歌当作文字表达，也就是谨遵字面的意思，不做任何文字性之外的构想④。

这种对当代诗歌的面面观有一种双重的启示意义。一方面，它说出了诗歌的弱势和力量——这与刚才我们所说

---

① 这是自伊夫·博纳富瓦传承而来的诗歌——“栖所”意味着通过写作“重新找到”世界，而在这个寻找的过程中作品却不必被奴役。

② 米歇尔·德吉无疑是这种观点的支持者，他将叙述的论点与以下两点联系起来，竭力让诗歌与外界产生联系，将它展现为与世界相连的群体和与人类群体相连的群体的目的——米歇尔·德吉说：“诗歌并不孤独。”他依照当代哲学提出的“交流的理性”（尤尔根·哈贝马斯）的说法，得出了“诗的理性”的结论。

③ 这尤其体现在埃曼努埃尔·奥卡尔和奥利维耶·卡迪欧身上。

④ 这种观点的最佳代表是让-马利·格列兹，在他的诗歌作品和评论著作中都得到了阐述（让-马利·格列兹，《献给黑色——诗歌与文学性》，巴黎：Seuil出版社1992年出版。

的前三种导向相符合。这种弱势与力量相矛盾。它重复了19世纪以来集合了浪漫派、波德莱尔和马拉美关于文学和写作的传统定义：在社会看来，诗歌是一种边缘的写作。它同时又是一种全能的写作，我们可以根据抒情的矛盾性来对这种写作加以定义，即当代抒情诗所体现的叙述的不确定是与某种总合的能力分不开的；我们也可以从与此相反的角度来定义，即具象诗歌所代表的是一种尽管微小却完整的诗歌的能力①。文字主义的导向显然与前三种导向脱离。文字主义是一种关于命名的写作，它既是对现实的承认又是对诗歌在世界中所处背景的特殊描绘：文字主义是一种低度的、连续的建构主义，它回应了前三种导向所承认的宣扬例外地位的诗歌，也回应了无参照社会的存在——这个无参照社会通过让-米歇尔·莫尔泊瓦的批判抒情主义所带有的空虚与漂泊得到了明确的展示。

当代诗歌因此看起来像是对新型小说和某类常规小说定义下的现实主义的补充。抒情诗从注意到附属地位的缺失或不定出发，去描绘作品对世界的附属地位。小说与现实主义破除桎梏，打破了作品对世界的附属关系的唯一模式。在这两种情况下，作品成为一种途径，来描绘一种新型的与现实的可能关系，一种新型的现在与时间的关系，来对待这个世界的非连续性和异质性及其引发的主体与世界的关系。这样看来，不论是诗歌还是小说，最具合理性的是那些涉及关系游戏和背景游戏的作品，比如体现了现

① 这样一种诗歌的能力在米歇尔·德吉的“诗的理性”中得到了最佳阐释。

实主义悖论的作品，现实主义和幻想结合的作品和文字主义诗歌。应该说，这类作品体现了文学创作的最大合理性，因为，一方面，权势文学被搁置一边，另一方面，作品的自主性应当重新得到考量的观点得到了重视。

权势文学之外以及当代法国文学面对寻常意义上的后现代与后殖民所体现出的特殊性

当代文学所演绎的权势文学及作为它来源的先锋派传统是批判和决裂的典范。这一点为使用评判过去文学的方法来评判当代文学提供了理由，也支持了这样一种观点：在它们各自的特性之外，现代文学、先锋文学和当代文学均可以根据前代文学的延续来得到解读，在前文中我们已经对当代文学与过往文学的联系进行了讨论。所有这些都是与自视为权势文学的那部分当代文学所带有的悖论分不开的。第一重悖论：在当今所体现出来的并与先锋文学传统相连的权势文学明白宏伟叙事（即与意识形态背景和对历史的终极化观念相连的叙事）的陈腐和无效，这样的陈腐和无效在作家、哲学家和观念学家那里已经喋喋不休地指出了无数遍。尽管对此深有所知，这种文学仍然用同样的方式来思考和描述自己，以为能够获得对话语和参照物的统治——正是因此它才成为了权势文学。对能指的青睐、现实主义的延续以及对先锋派的忠诚都体现了这一点。第二重悖论：与对文学的自主和价值的肯定相关：文学的自主和价值所存在的理由已经受到了怀疑，关于文学自主的思想完全以现代主义以来文学所被赋予的批判姿态为条件，然而这一思想所存在的环境和决定因素已经发生了改变。第三重悖论：尽管如此，仍然存在着一种想法，认为文学具有一种完满的权力。权势文学对前两个悖论的回应是将这种至上的权力转嫁给主体，让他能够在生活和作品之间进行沟通。如我们已看到的那样[①]，这就是弗朗索瓦·韦耶尔冈斯在《母亲家的三日》里构建的寓言。这也解释了由当代作家撰写的作家和艺术家传记数量繁多的原因。一方面，坚持文学、作家与生活之间的这样一种关系本身无可厚非，另一方面这种关系也与某种想法相对应，这种观点认为，历史的终极化观念和主体从人类学角度对自身和自身发展的看法这两者之间有异曲同工之处。然而坚持这样一种关系却禁止我们在当今从实质上对作品和作家进行定位：我们无法保证无参照社会允许使用与前代社会相同的人类学视角。

从这三大悖论中我们可以总结出几点。第一点：我们不能将文学解读成历史。这样一种解读假设了现代主义和先锋派传统的存在，可能导致我们得出一种与历史学家的史撰类似的文学史来。第二点：不同于权势文学所意欲展现的，我们无法提供一种完满的文学定义，尽管这样一种完满的定义究竟为何的问题还没有得到明确的表述。这就出现了另外一个悖谬：用来对文学进行定义的手段越是平常，文学看起来就越是完满，所有关于互文性[②]的论述都体现了这一悖谬。第三点：我们再不能将文学写作寄托于作家身份之上。作家

① 参看本书“反象征的表现”部分对《母亲家的三日》的相关评述。

② ［译注］Intertexualité，也称文本间性，最早由克里斯蒂娃在《如是》杂志的两篇文章（《词、对话和小说》，1966/《封闭的文本》，1967）中正式创造和使用了这个词。

身份被用来解释作家的写作，就像他解释自己的生平一样。20 世纪 60—70 年代的文学创作和评论对主体的批判和回避并没有推翻这一点；相反，这样的批判和回避极大地允许了将作品与泛义之下的生活联系起来[1]。

我们所认为的处在权势文学之外的那部分当代文学对这些绝境作出了回应。就第一个悖论来说，需要强调的是：处于权势文学之外的那部分当代文学并不排斥历史。它对历史进行了双重审视，在它看来时间既是一组时间的片段又是连续的编年，两者需要通过对方得到阐释；它们必须被置于限制它们的所有当下的目的性之外，但又不能舍弃对目的性的游戏。这样，我们又找回了当代[2]：当代是多种时间在现在的表现。这一点乔治·佩雷克在《生活指南》里作了出色的阐释[3]。这些多重的时间需要在现在里面得到表露。对多种时间的展示和表露可以通过几代人之间的关系，比如安娜·嘉瓦尔达在《在一起，就好》里展现了年轻人和他们的父辈及祖辈的关系[4]，也可以根据不同生命之间彼此相连的时空，比如马克·列维的《那些我们没有谈过的事》[5]。这些展示和表露是对历史的展示和表露，

---

① 吉尔·德勒兹对这样一种论点进行了阐释，持同样观点的还有罗兰·巴特，他在比如《罗兰·巴特论罗兰·巴特》（巴黎：Seuil 出版社 1975 年出版）中进行了阐释。

② 有关当代的论述，参见本书导论。

③ 乔治·佩雷克，《生活指南》，巴黎：Hachette 出版社 1978 年出版。

④ 安娜·嘉瓦尔达，《在一起，就好》，巴黎：Le dilettante 出版社 2004 年出版。

⑤ 我们在此特意列举了通俗小说以强调对权势文学的回应属于所有各个层次的小说——不仅有精英文学还有畅销小说。

帕特里克·夏莫瓦佐的小说，或者，说到历史回顾的其他类型，那些关于犹太大屠杀的小说，均体现了这一点。因此，历史并没有被回避，而是它的目的性遭到了拒绝。然而，通过对时间的阐释的差异，历史又被赋予了一种方向。米歇尔·维勒贝克的《一个岛的可能性》是对这种阐释的极端描绘，因为出现在他笔下的是完全他者的时空——新人类的时空。现在来看第二个悖论：我们再无法固守权势文学所演绎的一种固定的文学定义。超越了权势文学的当代文学不再致力于描绘一种只为它自己而存在的文学。作品已经写就，证明了确实存在着这样一种文学，它不需要我们再对文学的身份进行拷问。甚至，这样一种文学存在的前提条件便是我们用对文学的功能的拷问来代替对文学身份的拷问。再来看第三个悖论，讲述作品与作家或艺术家生平的联系已经并不重要，尽管这样的行为仍然存在着。正如我们通过当代抒情诗所看到的，传记并非一定是对自己的展示。它仅仅是一种方式，表明文学写作具有一种能动性，一种与时间和背景的能动性同样的能动性。安托万·埃马兹体现了这种写作方式，他的作品远远超过了要滑头的自我虚构游戏。写作中生平参照的革命让作家主体成为了那个不停地用生平的某些片断来表现其他片断的人，它所运用的方式与当代的时间多样性分不开，也与现实所构筑的事件分不开——事件是对现实状况的表现，并要求它自己也得到表现。

也正是刚才我们所论及的当代文学对当今权势文学所面临的绝境的三大回应使得构建一种新型的文学自主性成

为了可能。

现代派、先锋传统和与二者直接相连的当代文学所捍卫的文学身份在总体上被混同于文学的自主性。这样一种对文学自主性的肯定并不排除文学对现实的干涉力，超现实主义、新小说和 20 世纪 70 年代的作家都说明了这一点。对文学自主性的肯定以摈弃所有意识形态上的依附为基础，这样就建立起文学绝对的批判力；它也建立在这样一种观念之上，即弘扬写作（或形式）的价值与主题和所涉及或再现的现实无关——对能指的偏爱是这样一种观念的极端表达；它还建立在拒绝将文学等同于一种交换价值或交换价值的体现的基础上——这就解释了为什么现代派文学和当代文学选择了反拟态：反拟态拒绝与现实的相似性，而相似性是交换价值得以存在的基础。本书中一直谈到的权势文学是一种文学身份的表现，这种文学的身份代表了文学面对现实、面对整体和社会话语所持有的姿态。应该说这是一种至上的文学，它认为，根据意识形态、交换价值和再现游戏，社会可以得到持续的解读。在代表了当代社会特别是法国社会的无参照社会里，意识形态、交换价值和再现游戏仍然存在着；然而它们并不足以定义主体的位置，也不足以为艺术或文学提供理由。所以当我们说到无参照社会时，我们是在说这样的一个社会：尽管某些东西仍然存在着，但主体陷入了自我定义，主体之间失去了连续而有序的关联，他们并没有被赐予一个完整的意义——这样一种意义既不能在模糊的意识形态（比如说，宗教）里找到，也不能在对社会的再现和拟态所具有的象征性中找到，因为无参照削弱了这样的描绘和象征。当代文学中与权势文学不同的那一部分所具有的是另一种自主性，一种面对身份指认、在社会关系弱化和意义指认缺失情况下的自主性。

将历史看作一组需要互相表现的时间的片段和连续的编年，将它们置于限制它们的所有当下的目的性之外，但又不能舍弃对目的性的游戏，这使我们得以在那些经历了历史的社会中建构起历史性，而不必指出历史导向。与文学显露无遗的身份缺失相对应的是新的可能、新的历史出发点和分歧[①]，它们能让我们对社会关系的明显缺失形成一种有序的看法。重新看待文学当中传记的兴盛及其所说明的问题与主体在无参照社会中的状况有着直接的关系：无参照社会中的主体失去了导向物，他陷入了对自己的叙事，因为这样的叙事是他唯一可能的导向物，因为他在不停地证明自己在这个社会中的存在。正如当代的抒情诗所表现的那样，写作中生平参照的革命让作家主体成为了那个不停地用生平的某些片断来表现其他片断的人，它运用的是一种与当代的时间多样性分不开的、也与现实所构筑的事件分不开的方式。

这就是当代法国文学的特殊现状，它是权势文学和摈弃这种权势文学的文学的集合。这样一种现状可以对照后现代文学和后殖民文学的主要特征得到解读。

权势文学和摈弃了它的文学都以各自的方式区别于后现代文学。权势文学和后现代文学都带有对文学身份的思考——在后现代文学中，文学的身份通过文学创作手段的

---

① 关于这三点，参看本书第二章。

多样性和创作规范的分崩离析来得到建立。然而权势文学和后现代文学还是有区别的：如我们已经指出的那样，权势文学怀有一种历史进步的观点，因而它肯定地将自己视为一种更新，而后现代文学则没有这样一种历史观。脱离了权势文学的当代法国文学对当代的看法与后现代文学一致，但它对后现代文学定义文学的方式却是排斥的。同样遭到它排斥的还有后现代文学在定义文学的自主性即相对无参照社会的自主性时所表露的无能。

摈弃权势文学的那类文学在安德列斯群岛法语文学里得到了展示。作为法国文学的一部分，安德列斯群岛法语文学准确地表现了关于新历史性的游戏，表现了分歧与社会整体的联合。这类文学与定义在国际视角下的后殖民文学不同。当代评论对后殖民文学的定义，特别是比尔·阿什克罗夫特、加雷斯·格里菲斯和海伦·蒂芬的著作《帝国反击：后殖民文学的理论与实践》[1] 对后殖民文学的定义在本质上是一种历史的、意识形态的定义。这种定义可以简单归纳如下：后殖民文学表现了殖民势力在非殖民化之后的延续。我们暂不去看几位专家的具体论述，只需要注意的是，对后殖民文学的这样一种定义不仅是政治上的（这种政治定义完全可以接受，因为殖民势力延续的方式还暂无定论），也是一种文学上的定义，它将后殖民文学放置于西方现代文学的大传统之中，持有一种进步的历史观并

---

① 比尔·阿什克罗夫特、加雷斯·格里菲斯和海伦·蒂芬，《帝国反击：后殖民文学的理论与实践》，伦敦：Routledge 出版社 1989 年出版。

根据这样一种进步论对文学做出定义。这就产生了一个双重的悖论。一方面，应该说，后殖民文学的特殊性不能脱离西方文学的决裂传统和历史决定性传统。另一方面，在这样的观点下，后殖民文学一方面可能被认为是一种无计划的消极性，另一方面被认为是对前被殖民国家的种族和历史身份的不断重新论述。相反，法属安德列斯群岛文学摆脱了这样一种身份的指认。这一点解释了安德列斯作家能够在国际上引起如此反响的原因。这就是为什么黑人成为了普世的代表，为什么他最终无法被局限于他的黑人身份。这就是为什么人类主体在安德列斯文学中成为了变形的主体，他脱离了所有相似性的限制。这也是为什么这个主体不断地在调解着不同的时间与地点，调解着他与这些时间和地点可能的关系。最后，这也解释了为什么安德列斯文学中的人类主体与不同的种族、家庭和社会根源分不开，为什么安德列斯文学是这些将成为未来源头的根源的一部分。

总的来说，法国当代文学，尤其是拒绝了权势文学的那一脉，对它所接收的现代和现代主义传统进行了拷问，也对后现代文学和后殖民文学在当代的合理性进行了拷问。这两大拷问有两个前提：现代传统的凝滞和后现代、后殖民概念的凝滞。与这种种凝滞相反，法国当代文学中的这一部分将施动者、团体、群落和社会描绘成能动的当代世界中的居民——它描绘了作为群落指认前提条件的新的可能、新的历史出发点和分歧。

外文人名对照表

Theodor Adorno　泰奥多·阿多诺
Marc Augé　马克·欧杰
Pierre Alféri　皮埃尔·阿尔斐利
Jean-Pierre Andrevon　让-皮埃尔·安德冯
Christine Angot　克里斯蒂娜·安戈
Artaud　阿尔托
Bill Ashcroft　比尔·阿什克罗夫特
Peter Bailharz　彼得·贝哈茨
Bakhtine　巴赫金
Georges Banu　乔治·巴努
Zygmunt Bauman　齐格蒙特·鲍曼
Baumgarten　鲍姆嘉通
Beckett　贝克特
Frédéric Beigbeder　弗雷德里克·贝格伯代
Pierre Bergougnoux　皮埃尔·贝谷纽
Bruno Blanckeman　布鲁诺·布朗克曼
Maurice Blanchot　莫里斯·布朗肖
Didier Blonde　迪迪耶·布隆德
Robert Bober　罗贝尔·鲍勃
François Bon　弗朗索瓦·邦
Yves Bonnefoy　伊夫·博纳富瓦

Jacques Borel 雅克·勃莱尔
Alain Borer 阿兰·勃莱
Burroughs 巴勒斯
François Busnel 弗朗索瓦·布斯奈尔
Olivier Cadiot 奥利维耶·卡迪欧
Jean Cayrol 让·凯罗尔
Céline 塞林
Patrick Chamoiseau 帕特里克·夏莫瓦佐
Eric Chevillard 埃里克·舍维拉尔
Antoine Compagnon 安托瓦纳·贡巴尼翁
Emile Copferman 艾米尔·科波菲尔曼
Michel Crépu 米歇尔·克莱彪
Philippe Cuval 菲利普·库瓦尔
Collard Cyril 西里尔·科拉尔
Didier Daeninckx 迪迪埃·达埃宁克斯
Marc Dambre 马克·旦波尔
Maurice G. Dantec 莫里斯·G·丹特克
Charles Dantzig 查理·唐齐格
Marie Darrieussecq 玛丽·达里厄塞克
Jean-Yves Debreuille 让-伊夫·德伯叶
Michel Deguy 米歇尔·德吉
Charlotte Delbo 夏洛特·戴尔博
Gilles Deleuze 吉尔·德勒兹
Jacques Derrida 雅克·德里达
Virginie Despentes 维吉妮.德彭特
Jean-Philippe Domecq 让-菲利普·多梅克
Jean-Marie Domenach 让-马利·多姆纳奇
Francine Dugast-Portes 弗朗西妮·杜加-珀特兹
Jean-Claude Dunyach 让-克洛德·邓亚克
Guillaume Durand 纪尧姆·杜让
Marguerite Duras 玛格丽特·杜拉斯
Antoine Emaz 安托万·埃马兹
Annie Ernaux 安妮·埃尔诺
Flaubert 福楼拜
Marc Fumaroli 马克·弗马罗里

Anna Gavalda 安娜·嘉瓦尔达
Jean Genet 让·热奈
Gérard Genette 钱拉·热奈特
Semprun Georges 乔治·森普伦
Gide 纪德
Jean-Marie Gleize 让-马利·格列兹
Edouard Glissant 爱德华·格里桑
Gareth Griffiths 加雷斯·格里菲斯
Pierre Guyotat 皮埃尔·吉约达
Christine Hamon-Siréjols 克里斯汀·阿蒙-斯若日
Jurgen Habermas 尤尔根·哈贝马斯
Cixous Hélène 埃莱娜·西苏
Guibert Hervé 艾尔维·吉贝尔
Joseph de Maistre 约瑟夫·德·梅斯特
Emmanuel Hocquard 埃曼努埃尔·奥卡尔
Michel Houellebecq 米歇尔·维勒贝克
Henry James 亨利·詹姆斯
Hyvrard Jeanne 让娜·依芙拉德
Sarrazac Jean-Pierre 让-皮埃尔·萨拉扎克
Thierry Jonquet 蒂埃里·戎盖
Pierre Jourde 皮埃尔·朱尔德
Leslie Kaplan 莱斯利·卡普兰
Patrick Kéchichian 帕特里克·凯奇奇昂
Bernard-Marie Koltès 贝纳德-马利·科尔代斯
Le Clézio 勒克莱齐奥
Bernard-Henri Lévy 贝尔纳-亨利·莱维
Marc Lévy 马克·列维
Jean-François Lyotard 让-弗朗索瓦·利奥塔
Jonathan Littell 乔纳森·利特尔
Lukács 卢卡奇
Malraux 马尔罗
Jean-Patrick Manchette 让-帕特里克·曼切特
N'Diaye Marie 玛丽·恩迪耶
William Marx 威廉·马克思
Jean-Michel Maulpoix 让-米歇尔·莫尔泊瓦

Michel Meyer　米歇尔·梅耶
Pierre Michon　皮埃尔·米匈
Catherine Millet　凯特琳·米叶
Patrick Modiano　帕特里克·莫迪亚诺
Gérard Mordillat　杰拉尔·莫迪亚
Aline Mura-Brunel　阿琳娜·姆拉-布吕奈尔
Philippe Muray　菲利普·缪莱
Guillaume Musso　纪尧姆·米索
Antonio Negri　安东尼奥·内格利
Bouraoui Nina　妮娜·博拉维
Dominique Noguez　多米尼克·诺盖
Amélie Nothomb　阿梅丽·诺冬
Valère Novarina　瓦莱尔·诺瓦里纳
Claude Ollier　克洛德·欧里叶
Jean Paulhan　让· 保兰
Thomas Pavel　托马·帕韦尔
Georges Perec　乔治·佩雷克
Sloterdijk Peter　彼得·斯劳特戴克
Bernard Pingaud　贝纳德·潘谷
Jean-Claude Pinson　让-克洛德·潘松
Queneau　格诺
Pascal Quignard　帕斯卡·季涅
Henri Raczymov　亨利·哈克茨莫夫
Jacques Rancière　雅克·朗西埃
Confiant Raphaël　拉法埃尔·孔费昂
Paul Ricoeur　保罗·利科
Alain Robbe-Grillet　阿兰·罗伯-格里耶
Olivier Rolin　奥利维叶·罗兰
Jean Rouaud　让·鲁欧
Jacques Roubaud　雅克·鲁博
David Rousset　大卫·鲁塞
Claude Royer-Journoud　克洛德·华耶尔-朱尔诺
James Sacré　詹姆士·萨克雷
Jean-Paul Sartre　让-保罗·萨特
Michel Schneider　米歇尔·施奈德

Peter Sloterdijk　彼得·斯洛德岱克
Philippe Sollers　菲利普·索莱尔斯
Gertrude Stein　格特鲁德·斯泰因
Helen Tiffin　海伦·蒂芬
Tzvetan Todorov　茨维坦·托多洛夫
Eliane Tonnet-Lacroix　艾莲·多奈-拉克洛瓦
Michèle Touret　米歇尔·杜莱
Jean-Philippe Toussaint　让-菲利普·图森
Alain Veinstein　阿兰·韦恩斯坦
Bruno Vercier　布鲁诺·维尔西
Dominique Viart　多米尼克·维亚
Antoine Volodine　安托瓦纳·弗洛丁
François Weyergans　弗朗索瓦·韦耶尔冈斯
Fredric Jameson　弗雷德里克·詹姆逊
Philippe Delerm　菲利普·德莱尔姆
Kateb Yacine　凯特布·亚辛

图书在版编目(CIP)数据

法国作家怎么了？/(法)柏西耶著；金桔芳译. —上海：华东师范大学出版社，2011.4

ISBN 978-7-5617-8385-6

I. ①法… II. ①柏…②金… III. ①现代文学—文学研究—法国 IV. ①I565.065

中国版本图书馆 CIP 数据核字(2011)第 007736 号

华东师范大学出版社六点分社

企划人　倪为国

巴黎丛书
法国作家怎么了？
(法) 让·柏西耶　著
金桔芳　译

特约编辑　吴雅凌
责任编辑　李炳韬
封面设计　魏宇刚
责任制作　肖梅兰

出版发行　华东师范大学出版社
社　　址　上海市中山北路 3663 号　　邮编　200062
网　　址　www.ecnupress.com.cn
电　　话　021－60821666　　行政传真　021－62572105
客服电话　021－62865537
门市(邮购)电话　021－62869887
地　　址　上海市中山北路 3663 号华东师范大学校内先锋路口
网　　店　http://ecnup.taobao.com/

印 刷 者　上海景条印刷有限公司
开　　本　890×1240　1/32
插　　页　2
印　　张　4.5
字　　数　72 千字
版　　次　2011 年 4 月第 1 版
印　　次　2011 年 4 月第 1 次
书　　号　ISBN 978-7-5617-8385-6/G·4929
定　　价　18.00 元

出 版 人　朱杰人